新日本語能力測驗對策

助詞N5・N4 綜合練習集

新井芳子
蔡　政奮　共著

鴻儒堂出版社發行

前　言

　　大多數的日語學習者都認爲助詞是頗爲困難的學習項目之一。但也是在各種的考試中必考的問題。更是能否表達正確日語的重要指標。本系列練習集共分「N5・N4」，「N3・N2」，「N1」之三冊，依序練習或依程度練習，可達到下列之學習效果。

　　1.依日語能力測驗之級別做分級編排練習，容易學習。

　　2.由易入難、由簡入繁，對於想依序學習或複習助詞者，可於最短時　　　間內得到最大的學習效果。

　　3.問題集以填空方式練習，如重複多次練習，可達到自然體會、自然　　　運用助詞的目的。

　　4.助詞接上其他語詞可形成各種不同的文意。故藉由大量練習，可依　　　實例體會出每一個助詞的各種不同方式的運用。

　　5.全文附中譯，可補助理解並利於記憶。同時可當爲日翻中以及中翻　　　日的短文練習題材，達到一書多用的目的。

　　本書以練習爲目的，如能配合各類日語文法書籍使用效果更佳。若能對學習日語者有所助益，將是著者的無上喜悅。

著者謹識

目　録

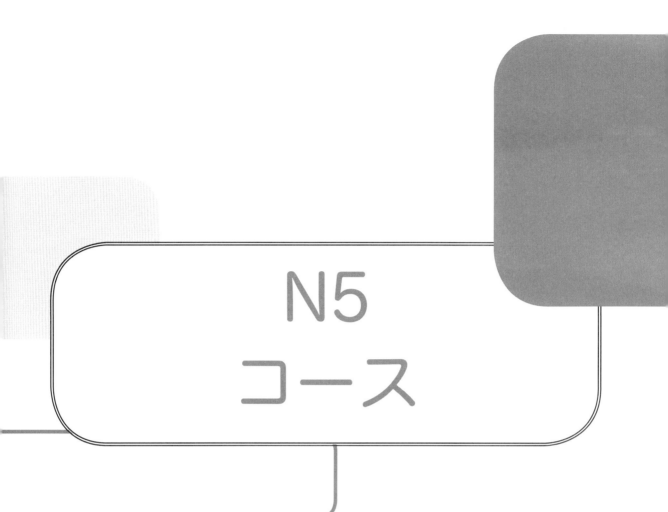

N5
コース

練習 1

次の問題の（　）の中にひらがなを一つ入れなさい。必要でないときは×を入れなさい。

1 張：わたし（　）張です。どうぞよろしくお願いします。

　洪：洪です。こちらこそ、どうぞよろしく。

2 A：これ（　）電気自動車です。

　B：日本（　）車ですか。

　A：ええ、そうです。

3 台湾のパソコン（　）どれですか。

4 つくえの上（　）本があります。

5 本（　）つくえの上（　）あります。

6 かばん（　）椅子（　）上にあります。

7 鈴木：学校のそばに何（　）ありますか。

　陳　：公園（　）銀行（　）（　）があります。

8 鈴木　：あのビル（　）何ですか。

　陳　　：あれ（　）病院です。

9 観光客：あの、すみません。総統府（　）どこにありますか。

　陳　　：この道の突き当たり（　）です。

10 教室（　）学生（　）います。

11 A：すみません。陳さん（　）いますか。

　B：陳さんですか。今、となりの101の教室（　）いますよ。

　A：あの、となりの教室にはだれ（　）いませんが。

12 A：いま事務室にだれ（　）いますか。

B：洪さん（　　）います。

⑬ A：会議（　　）いつですか。

　　B：あさっての午後２時（　　）（　　）です。

⑭ 観光客：あの二二八公園の中に博物館（　　）ありますか。

　　陳　　：ええ、あります。あれですよ。

　　観光客：どれ（　　）ですか。

　　陳　　：あの（　　）建物です。

⑮ 夏休みは７月１日（　　）（　　）８月31日（　　）（　　）です。

⑯ 鈴木：林さんのお父さんは学校（　　）先生ですか。

　　林　：ええ、小学校（　　）教師です。

⑰ ポケットの中にお金（　　）あります。車のカギ（　　）あります。

⑱ A：あの、すみません。ガソリンスタンド（　　）どこですか。

　　B：次（　　）信号の角（　　）ありますよ。

⑲ きのう（　　）何曜日でしたか。

⑳ コンサートは午後６時（　　）（　　）です。

㉑ 駅の前にデパート（　　）あります。

㉒ A：あの、すみませんが、MRTの入り口（　　）どこですか。

　　B：あそこにパン屋（　　）ありますね。その向かい（　　）あります。

㉓ A：それ（　　）何の雑誌ですか。

　　B：これは日本（　　）ファッション雑誌です。

㉔ この動物園にパンダ（　　）います。

㉕ 先生：ポケットの中に何（　　）ありますか。

　　学生：さいふ（　　）あります。

練習1（要點解說）

1 問２：これ**は**電気自動車です。

說話的人想要針對某一件事物做表達時，「は」用來提示該句的主題。

2 問２：これは日本**の**車ですか。

用名詞修飾名詞時加「の」。在此「の」表示「是在日本製造的或在日本生產」的意思。

3 問３：台湾のパソコン**は**どれですか。

「〜は」＋疑問詞（どれ）。述語中含有疑問詞的時候、主語用「は」。

例1：これはいくらですか（這是多少錢？）。

例2：あの人はだれですか（他是誰？）。

4 問４：つくえの上**に**あります。

「に」表示存在的場所。〜（場所）にあります。在此「に」表示「在」的意思。

5 問４：つくえの上に本**が**あります。

「が」表示「存在・狀態的主語」。「Ａに〜Ｂ（物或植物等的名詞）があります」。在此「が」表示「有」的意思。此句也可改為「Ｂは〜Ａ（物或植物等的名詞）にあります」。此時，Ｂ（物或植物）在句子的開頭當為主題，所以改用「は」。

6 問７：学校のそばに何**が**ありますか。

「Ａに〜Ｂ（物或植物等的名詞）があります」的句子中，當Ｂ為疑問詞時，以疑問詞（何）代替名詞，成為「何がありますか」。

7 問７：学校のそばに公園**や**銀行があります。

「や」表示舉例。

⑧ 問7：公園や銀行**など**があります。

「など」表示「等等」的意思，時常和「や」搭配使用。

⑨ 問10：教室に学生**が**います。

「が」表示存在・狀態的主語。「Aに～B（人或生物等的名詞）がいます」。在此「が」表示「有」的意思。「が」表示「存在場所或所在場所的主體（学生）」。

⑩ 問11：となりの教室に**は**～。

「は」接在其他助詞之後，表示「加強語氣」。

⑪ 問11：となりの教室にはだれ**も**いません。

疑問詞＋「も」表示全面的否定。

⑫ 問11：となりの教室にはだれもいません**が**、～。

「が」是一種委婉的表達方式，可緩和語氣。

⑬ 問13：会議は午後2時**から**です。

「2時」是名詞，名詞加「から」表示起點，「從～（2點）開始」的意思。「から」表示「動作或事態在空間或作用的時間的起點」。

⑭ 問15：夏休みは8月31日**まで**です。

名詞加「まで」表示終點，「到～（8月31日）為止」的意思。表示「動作或事態在空間或作用的時間的終點」。

⑮ 問17：ポケットの中にお金があります。車のカギ**も**あります。

「も」是「也」的意思。表示房子和車子都有。

⑯ 問22：あそこにパン屋があります**ね**。

「ね」表示確認。

17 問24：この動物園にパンダ<u>が</u>います。

請参照**9**。

練習1（中譯）

① 張：我姓張。請你多多指教。

   洪：我姓洪。也請你多多指教。

② A：這是電動汽車。

   B：是日本製的嗎？

   A：嗯，是的。

③ 台灣製造的個人電腦是哪一台？

④ 桌子上有書。

⑤ 書本在桌子上。

⑥ 包包在椅子上。

⑦ 鈴木：學校的旁邊有什麼嗎？

   陳　：有公園，銀行，便利商店等的。

⑧ 鈴木：那棟大樓是什麼大樓？

   陳　：那是醫院。

⑨ 觀光客：不好意思，請問～總統府在哪裡？

   陳　　：在這條道路的盡頭。

⑩ 教室裡有學生。

⑪ A：請問～。陳先生（小姐）在嗎？

   B：陳先生（小姐）嗎？現在、在隔壁的101教室喔。

   A：可是、101教室裡沒有人呵。

⑫ A：現在有誰在辦公室？

   B：洪先生（小姐）在。

⑬ A：什麼時候開會？

   B：後天下午的2點開始開會。

⑭ 觀光客：在那二二八公園裡有博物館嗎？

   陳　　：嗯，有的。就是那一棟啊。

觀光客：是哪一棟呢？

陳　　：是那一棟建築物。

⑮ 暑假是從 7 月 1 日開始到 8 月31日止。

⑯ 鈴木：林先生（小姐）的令尊是學校的老師嗎？

林　　：嗯，是小學的老師。

⑰ 口袋裡有錢。也有車鑰匙。

⑱ Ａ：對不起，請問加油站在哪邊？

Ｂ：在下一個紅綠燈的角落。

⑲ 昨天是星期幾？

⑳ 演唱會從下午 6 點開始。

㉑ 車站前有百貨公司。

㉒ Ａ：不好意思，請問～捷運的入口在哪裡？

Ｂ：那邊有看到麵包店吧。就在麵包店的前面。

㉓ Ａ：那是什麼雜誌？

Ｂ：是日本的流行服飾雜誌。

㉔ 這個動物園裡有貓熊。

㉕ 老師：你的口袋裡有裝什麼東西嗎？

學生：有行動電話。

練習１解答

1 は　　**2** は、の　　**3** は　　**4** に　　**5** は、に　　**6** は、の

7 が、や、など　　**8** は、は　　**9** は、×　　**10** に、が

11 は、に、も　　**12** が、が　　**13** は、から　　**14** が、×、×

15 から、まで　　**16** の、の　　**17** が、も　　**18** は、の、に　　**19** は

20 から　　**21** が　　**22** は、が、に　　**23** は、の　　**24** が　　**25** が、が

N5コース

練習 2

次の問題の（　）の中にひらがなを一つ入れなさい。必要でないときは×を入れなさい。

① 大学の中に郵便局（　）レストラン（　）コーヒーショップなど（　）あります。

② A：川（　）向こうに何（　）ありますか。

　　B：何（　）ありません。

③ わたしの会社（　）MRT板橋駅の前にあります。

④ わたしは夕べ友だち（　）夜市（　）行きました。

⑤ A：ご家族は何人（　）いますか。

　　B：4人です。わたし（　）家内と息子（　）娘です。

⑥ 朝、何時（　）起きますか。

⑦ 学校は何時（　）終わりますか。

⑧ あしたは英語（　）試験があります。

⑨ A：あの、エレベーター（　）どこにありますか。

　　B：この廊下（　）突き当たりに階段があります。エレベーター

　　　　（　）そのとなりです。

⑩ 富士山は日本のどこ（　）ありますか。

⑪ 教室に林さん（　）います。

⑫ 陳さんの歓迎会にだれ（　）来ましたか。

⑬ 台湾のデパートは何時（　）（　）何時（　）（　）ですか。

⑭ ことしの夏（　）とても暑かったです。

⑮ A：台北市は人（　）多いですね。何人いますか。

16

B：260万人（　）（　）（　）います。

⑯ わたしは毎晩11時（　）寝ます。

⑰ 今日（　）暑いです。明日（　）たぶん暑いでしょう。

⑱ 電気自動車（　）いいですが、高いです。

⑲ A：お飲み物（　）いかがですか。

　　B：ありがとうございます。じゃ、ウーロン茶（　）ください。

⑳ 林：陳さんは毎朝、何時に家（　）出ますか。

　　陳：7時半（　）出ます。

㉑ A：旅行（　）どうでしたか。

　　B：天気（　）よくて、とても楽しかったです。でも、少し（　）疲れました。

㉒ A：それ（　）ケーキです（　）、アイスクリームですか。

　　B：これ（　）アイスクリームです。

㉓ 仕事は午後5時（　）終わります。それから、日本語（　）塾へ行きます。

㉔ 山田：日本語の勉強（　）どうですか。

　　王：そうですね。むずかしいです（　）、おもしろいです。

㉕ A：りんご（　）どこですか。テーブルの上（　）ないですね。

　　B：冷蔵庫の中です。6つ（　）ありますよ。

㉖ A：MRTの地下街に何（　）ありますか。

　　B：いろいろな店（　）たくさんあります。

㉗ 会社は何時（　）始まりますか。

㉘ A：これは台湾（　）車ですか。

Ｂ：いいえ、それ（　）日本のです。台湾（　）はあれです。

㉙　Ａ：すみません。１番の出口（　）どちらですか。

　　　Ｂ：あちらですよ。

㉚　陳さんの結婚式の会場（　）あのホテルの３階（　）です。

㉛　Ａ：陽明山に何（　）いますか。

　　　Ｂ：鳥（　）虫や犬などがいます。

　　　Ａ：えっ？犬（　）いますか。

　　　Ｂ：ええ、野良犬（　）たくさんいますよ。

㉜　机の上に英語の本（　）日本語の本があります。

1 問4：友だち**と**行きました。

「と」表示「和」的意思。也就是「做共同行為的同伴」。

2 問4：夜市**へ**（に）行きました。

「へ」表示「動作的方向」。「に」表示「到達點」。在此，兩者相通都可共用。

3 問5：家族は四人です。わたし**と**家内**と**息子**と**娘です。

「と」表示「並列」。

4 問12：陳さんの歓迎会にだれ**が**来ましたか。

「疑問詞（だれ）＋が〜」。在主語中含有疑問詞的時候，主語之後用「が」。

5 問18：電気自動車はいいです**が**、高いです。

「が」表示「逆接」，也就是前後兩個句子意思相反時用「が」，表示「雖然〜可是〜」的意思。

6 問20：陳さんは毎朝、何時に家**を**出ますか。

「を」表示「離開某場所」的意思。

例1：駅を出る（走出車站）。

例2：大学を卒業する（大學畢業）。

7 問22：Q：それはケーキですか、アイスクリームですか。

　　　　A：これ**は**アイスクリームです。

說話的人想要針對某一件事物做表達時，「は」用來提示該句的主題。

8 問25：テーブルの上にはないです**ね**。

「ね」在此是對「りんごはない」做「確認」的意思。

9 問25：りんごが6つ **(∅)** あります。

「數詞」在動詞之前時直接修飾動詞。

例1：ボールペンが2本あります（有兩支原子筆）。

例2：教室に学生が10人います（教室裡有10位學生）。

10 6つあります**よ**。

「よ」是「說話者向對方強調自己的意思、感情、判斷、主張或想法」的表達方式。

◎ メモ

練習2（中譯）

1. 郵局的旁邊有餐廳、咖啡館等的。

2. A：河的那邊有什麼？

   B：什麼也沒有。

3. 我的公司在板橋捷運站的前面。

4. 我昨晚和朋友去了夜市。

5. A：請問你家有幾個人？

   B：共有4個人。我和太太還有一子一女。

6. 早上幾點起床？

7. 學校幾點放學？

8. 明天有英語的考試。

9. A：請問～，電梯在哪邊？

   B：在這走廊的盡頭有樓梯。就在樓梯的旁邊。

10. 富士山在日本的何處？

11. 林同學在教室。

12. 在陳同學的歡迎會時誰來了呢？

13. 台灣的百貨公司是從幾點開到幾點？

14. 今年的夏天太炎熱了。

15. A：台北市人口蠻多的，有多少人？

    B：大概260萬人左右。

16. 我每天晚上11點睡覺。

17. 今天酷熱。明天大概也很熱吧。

18. 電動汽車雖好但價格貴。

19. A：來個飲料怎麼樣？

    B：謝謝。那麼，請給我烏龍茶。

20. 林：陳先生（小姐）每天早上幾點出門？

陳：在 7 點半出門。

21 A：去旅遊得怎麼樣？

　　B：天氣好，玩得很快樂。不過，有點兒累。

22 A：那是蛋糕還是冰淇淋？

　　B：這是冰淇淋。

23 我工作到午後 5 點結束。然後去上日語的補習班。

24 山田：日語讀得怎麼樣呢？

　　王　：嗯～，有點難，但很有趣。

25 A：蘋果在哪裡？餐桌上沒有耶。

　　B：在冰箱裏面。有 6 個喔。

26 A：捷運地下街有什麼？

　　B：有許多各式各樣的店鋪。

27 公司幾點上班？

28 A：這是台灣製造的車子嗎？

　　B：不是，這是日本製的。台灣製的是那一輛。

29 A：請問～，1 號出口在哪邊？

　　B：在那邊喔。

30 陳先生的結婚典禮的會場在那家飯店的 3 樓。

31 A：陽明山有什麼動物嗎？

　　B：有鳥、有昆蟲也有狗。

　　A：咦？也有狗嗎？

　　B：嗯，有許多野狗喔。

32 桌子上有英語的書也有日語的書。

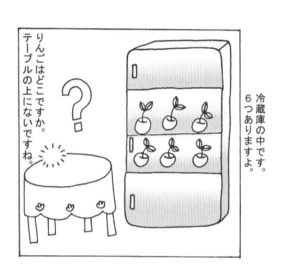

りんごはどこですか。テーブルの上にないですね。

冷蔵庫の中です。6つありますよ。

練習2解答

1 や、や、が　**2** の、が、も　**3** は　**4** と、へ（に）
5 ×、と、と　**6** に　**7** に　**8** の　**9** は、の、は　**10** に
11 が　**12** が　**13** から、まで　**14** は　**15** が、ぐらい　**16** に
17 は、も　**18** は　**19** は、を　**20** を、に　**21** は、が、×
22 は、か、は　**23** に、の　**24** は、が　**25** は、に、×
26 が、が　**27** に　**28** の、は、の　**29** は　**30** は、×
31 が、や、も、が　**32** と

練習 3

次の問題の（　）の中にひらがなを一つ入れなさい。必要でないときは×を入れなさい。

① わたしは果物（　）好きです。

② A：あの人（　）だれですか。

　　B：どの（　）人ですか。

③ この動物園にパンダ（　）いません。

④ 陳　：佐藤さんの自転車（　）どれですか。

　　佐藤：あの赤い（　）です。

⑤ A：ケーキ（　）どこにありますか。

　　B：テーブルの上（　）です。

⑥ わたしの家（　）静かですが、不便なところ（　）あります。

⑦ 父（　）52歳で、サラリーマンです。

⑧ あの店（　）店員さんはあまり親切ではありません。

⑨ A：何（　）会社へ行きますか。

　　B：オートバイ（　）MRTです。まずオートバイで駅（　）（　）

　　　　行きます。それから、MRT（　）乗ります。

⑩ 陳　：このパパイヤ（　）どうですか。

　　鈴木：おいしいです。どこ（　）ですか。

　　陳　：たぶん南部（　）でしょう。日本（　）もありますか。

　　鈴木：ありますが、輸入品（　）多いですね。

⑪ A：試験（　）どうでしたか。

　　B：英語（　）ちょっとむずかしかったです。

⑫ 子どものころ、わたしはよく弟（　　）遊びました。

⑬ 客　：すみませんが、子ども（　　）絵本は何階にありますか。

　　店員：童話ですね。童話（　　）三階です。

⑭ Ａ：どの人（　　）山田さんですか。

　　Ｂ：山田さん（　　）あの人です。エレベーターの前（　　）いますよ。

⑮ Ａ：どれ（　　）スイスの時計ですか。

　　Ｂ：それ（　　）そうです。

⑯ 冷蔵庫の中には牛乳（　　）（　　）ありません。他には何（　　）ありま

　　せん。

⑰ Ａ：携帯電話（　　）iPodとどちら（　　）便利ですか。

　　Ｂ：携帯電話のほう（　　）便利です。

　　Ａ：Ｃさん（　　）どうですか。

　　Ｃ：どちら（　　）便利ですね。

⑱ Ａ：どちら（　　）あなたの傘ですか。

　　Ｂ：その黒くて長い（　　）です。

⑲ 友だちは何時の新幹線（　　）来ますか。

⑳ 山田：明日は一人（　　）行きますか。

　　陳　：いいえ、友だち（　　）行きます。

㉑ Ａ：あのう、この辺（　　）自転車屋さんはありませんか。

　　Ｂ：自転車屋ね。あ、あの郵便局の向かい（　　）ありますよ。

㉒ 今日は用事があります（　　）（　　）、早く帰ります。

㉓ Ａ：世界（　　）いちばん長い川（　　）どこですか。

　　Ｂ：エジプトのナイル川（　　）いちばん長いです。

練習3（要點解説）

1 問1：わたしは果物<ruby>が<rt>す</rt></ruby>好きです。

「が」表示「喜不喜歡的對象（果物）」。

名詞＋が好きです。名詞＋が嫌いです。

2 問9：何で会社へ行きますか。

「で」表示「手段」，「方法」，在此指交通工具。

3 問9：それからMRTに乗ります。

「に」表示「動作作用的到達點或延伸的方向」。

4 問16：冷蔵庫の中には牛乳しかありません。

「〜しか〜ません」表示「除了〜之外就沒有〜」，相當於中文的「只有〜」。

5 問17：携帯電話とiPodと〜。

「と」表示「話者提出兩件事物請對方比較並提出答案」。

6 問17：ＡとＢとどちらが便利ですか。

「疑問詞（どちら）＋が〜」。

7 問17：携帯電話のほうが便利です。

如「〜より〜のほうが〜です。」之狀，被詢問者在回答比較後的答案時主語用「が」。

8 問17：どちらも便利です。

疑問詞＋「も」，「も」表示「兩者都〜」。

9 問22：今日は用事がありますから、帰ります。

完整的句子加上「から」表示「原因」，「理由」，有「因為〜所以」的意思。

❿ 問23：Q：世界でいちばん長い川はどこですか。

「で」表示範囲。

A：ナイル川がいちばん長いです。

句型 Q ：「〜の中で〜が一番〜（形容詞、形容動詞）ですか。」

A１：「〜が一番〜（形容詞、形容動詞）です。」

A２：「一番〜（形容詞、形容動詞）のは〜です。」

 メモ

練習3（中譯）

① 我喜歡水果。

② A：那個人是誰？

B：是哪個人呢？

③ 這個動物園裡沒有貓熊。

④ 陳　　：佐藤同學的腳踏車是哪一台？

佐藤：是紅色的那一台。

⑤ A：蛋糕在哪裡？

B：在餐桌上。

⑥ 我的家雖然安靜，但位在不便的地方。

⑦ 家父52歲，是上班族。

⑧ 那家店的店員不怎麼親切。

⑨ A：你是怎麼去上班的？

B：坐機車和捷運。先騎機車到捷運站，然後再坐捷運。

⑩ 陳　　：這個木瓜好吃嗎？。

鈴木：嗯，好吃。是哪邊產的木瓜。

陳　　：大概是南部的吧。日本也有嗎？

鈴木：有是有、大都是進口的。

⑪ A：考試考得怎麼樣？

B：英語有點難。

⑫ 小時候，我時常跟弟弟玩。

⑬ 客人：請問，兒童繪本是在幾樓？

店員：童話書啊。童話在三樓。

⑭ A：哪一位是山田先生？

B：山田是那一位。就在電梯的前面。

⑮ A：哪隻是瑞士手錶？

Ｂ：那隻就是。

⑯ 冰箱內只有牛奶。其它什麼都沒有。

⑰ Ａ：手機與iPod哪種比較方便？

　　Ｂ：手機比較方便。

　　Ａ：Ｃ同學你認為呢？

　　Ｃ：哪一種都方便。

⑱ Ａ：這兩支中哪隻是你的傘？

　　Ｂ：是那隻黑色的長傘。

⑲ 你的朋友要坐幾點的新幹線來？

⑳ 山田：明天獨自一個人去嗎？

　　陳　：不、和朋友去。

㉑ Ａ：請問，這邊有腳踏車店嗎？

　　Ｂ：腳踏車店啊。對了，在那個郵局的正對面。

㉒ 今天因有事，所以我要早一點回去了。

㉓ Ａ：世界最長的河川在哪裡？

　　Ｂ：埃及的尼羅河最長。

N５コース

練習　4

次の問題の（　）の中にひらがなを一つ入れなさい。必要でないときは×を入れなさい。

① A：春と夏と秋と冬では、いつ（　）いちばん好きですか。

　B：夏（　）いちばん好きです。

② 陳　：山田さん、昼ご飯は台湾料理（　）いいですか、日本料理

　　　　（　）いいですか。

　山田：そうですね。台湾料理（　）いただきます。

③ 廊下に陳さん（　）林さんがいます。山田さん（　）います。

④ 机の上（　）ボールペンが2本（　）あります。

⑤ 陳　：葉子さん、きれいなマフラーですね。

　葉子：これですか。誕生日に姉（　）もらいました。

　陳　：そうです（　）。よくお似合いですよ。

⑥ 鈴木さんは歌（　）上手です。

⑦ 夜市でTシャツ（　）2枚買いました。

⑧ パーティーはいつ（　）いいですか。

⑨ この町はみどり（　）多いです。

⑩ 日曜日の公園（　）にぎやかです。

⑪ きのうは天気（　）よかったです。

⑫ 客　：これは1つ（　）いくらですか。

　店員：1つ100円で、3つ（　）270円です。

⑬ A：日曜日はいつも（　）出かけますか。

　B：いいえ、たいてい家（　）います。たまに遊び（　）行きます。

⑭ わたしの家（いえ）は駅（えき）（　）（　）遠（とお）いですが、静（しず）かでいいところです。

⑮ 陳（ちん）さんの家（いえ）は台北駅（タイペイえき）に近（ちか）く（　）、便利（べんり）ですね。

⑯ 朝（あさ）は忙（いそが）しいです（　）（　）、朝（あさ）ご飯（はん）はいつも外（そと）（　）食（た）べます。

⑰ このカメラは軽（かる）く（　）便利（べんり）です。

⑱ 陳（ちん）　：ここが市立植物園（しりつしょくぶつえん）です。さあ、中（なか）（　）入（はい）りましょう。

　　山田（やまだ）：花（はな）（　）たくさんありますね。あれ（　）蓮（はす）の花（はな）ですね。

　　陳（ちん）　：そうです。あちらの池（いけ）（　）（　）たくさんありますよ。

　　山田（やまだ）：ここは都会（とかい）（　）真（ま）ん中（なか）ですが、静（しず）かなところですね。

　　陳（ちん）　：ええ、ここは平日（へいじつ）は都会（とかい）（　）オアシス（Oasis）です。

　　山田（やまだ）：すばらしい（　）公園（こうえん）ですね。ところで、あの建物（たてもの）（　）何（なん）で

　　　　すか。ちょっと日本式（にほんしき）（　）建物（たてもの）ですが。

　　陳（ちん）　：あ、あれ（　）高校（こうこう）です。日本時代（にほんじだい）（　）（　）ありますよ。

⑲ 昨日（きのう）、關渡（かんと）でめずらしい鳥（とり）（　）見（み）ました。

⑳ 象（ぞう）は鼻（はな）（　）長（なが）いです。それに耳（みみ）（　）大（おお）きいです。

㉑ Ａ：これ（　）便利（べんり）なカメラですね。どこ（　）買（か）いましたか。

　　Ｂ：東京（とうきょう）（　）秋葉原（あきはばら）です。あそこは品物（しなもの）（　）豊富（ほうふ）で、いいです

　　　　よ。それに安（やす）いです。

㉒ 毎日（まいにち）、仕事（しごと）（　）忙（いそが）しくて、たまには長（なが）い休（やす）み（　）ほしいです。

㉓ わたしは毎朝公園（まいあさこうえん）（　）運動（うんどう）をします。

㉔ わたしは毎日（まいにち）必（かなら）ず１時間（じかん）（　）（　）（　）新聞（しんぶん）を読（よ）みます。

㉕ 今日（きょう）はさいふの中（なか）に100元（げん）（　）（　）ありません。

㉖ 佐藤（さとう）：故宮博物院（こきゅうはくぶついん）（　）まだ遠（とお）いですか。

　　陳（ちん）　：いいえ、もうすぐ着（つ）きますよ。ほらっ、あれです。あれ（　）

故宮です。

佐藤：ああ、あれ（　）故宮ですか。

㉗ Ａ：夜はいつも何（　）しますか。

　Ｂ：たいていテレビを見（　）（　）、音楽を聞い（　）（　）します。

㉘ 台湾（　）いちばん古い廟はどこですか。

㉙ スポーツの中で、わたしはテニス（　）いちばん好きです。

㉚ 祖父母（　）肉もさかなも食べません。

㉛ 授業の後で、図書館へ本を借り（　）行きます。

㉜ 陳さんは英語（　）得意です。

春と夏と秋と冬では、いつがいちばん好きですか。

夏がいちばん好きです。

1 問5：姉**に**もらいました。

「に」是「もらう（得到）」的動作的行為成立時，用來表示從何處得到的「取得對象」的意思。如是物品的授與時，表示物品來自何處。

「に」也可用「から」替代。

2 問6：鈴木さんは歌**が**上手です。

「が」表示能力的高低巧拙。

名詞＋が上手です。名詞＋が下手です。

名詞＋が得意です。名詞＋が苦手です。

3 問7：Tシャツ**を**買いました。

「を」表示「動作作用的對象」。

4 問12：3つ**で**270円です。

「で」表示「總計的狀態」。

5 問13：たまに遊び**に**行きます。

「に」表示「去的目的」，是用來表達「行く」「来る」「帰る」等的方向性移動動詞的動作目的。

6 問15：陳さんの家は台北駅に近く**て**、便利ですね。

「て」表示「原因」，「理由」。

7 問16：朝ご飯はいつも外**で**食べます。

「で」表示「動態動詞（食べます）做此動作的場所」。

8 問18：さあ、中**に**入りましょう。

「に」表示「動作的主體在移動後的到達點」。

例：動物園に入りました（進了動物園）。

⑨ 問20：象**は**鼻**が**長いです。

「は」表示全部或整體（象），「が」表示部分（鼻）。也就是「大主語」＋「は」，「小主語」＋「が」。

⑩ 問22：たまには長い休み**が**ほしいです。

句型「名詞＋<u>が</u>ほしいです」。「が」表示「希望」，「要求」或「願望的對象」。

⑪ 問24：わたしは毎日１時間**ぐらい**新聞を読みます。

數量詞加上「ぐらい」表示大約的「分量」，「程度」，「基準」。

⑫ 問26：あれ**が**故宮です。

表示首次提到的「未知」資訊時接「が」。強調「あれ」

⑬ 問27：夜はたいていテレビを見**たり**、音楽を聞い**たり**します。

「〜たり〜たりする」表示「動作之舉例，並暗示還有其他的動作沒——說出來」。

◎ メモ

34

練習4（中譯）

① A：春、夏、秋、冬中你最喜歡哪一季？

　　B：我最喜歡夏季。

② 陳　：山田先生、中餐是吃台菜還是日本菜？

　　山田：嗯～。吃台菜。

③ 陳先生（小姐）和林小姐（先生）在走廊。山田先生（小姐）也在走廊。

④ 在桌子上有兩隻原子筆。

⑤ 陳　：葉子小姐、好漂亮的圍巾喔。

　　葉子：這個嗎？是生日時我姐姐給我的。

　　陳　：這樣子啊。很搭配喔。

⑥ 鈴木先生（小姐）很會唱歌。

⑦ 我在夜市買了2件Ｔ恤。

⑧ 派對什麼時候開比較好？

⑨ 這個城鎮有許多綠地。

⑩ 週日的公園很熱鬧。

⑪ 昨天天氣很好。

⑫ 客　：這個一個多少錢？

　　店員：1個100日圓，3個270日圓。

⑬ A：你在假口都外出嗎？

　　B：不，大都在家。偶而出去玩玩。

⑭ 我家雖然離車站遠，不過是一個安靜的好地方。

⑮ 陳先生的家離台北車站近，非常方便。

⑯ 早上因為忙碌，所以早飯都在外面吃。

⑰ 這個照相機又輕又方便。

⑱ 陳　：這裡就是市立植物園。那麼我們進去看看吧。

　　山田：好的。有好多花喔。那是蓮花耶。

陳　　：是的。那邊的池子裡也有很多。

山田：這裡雖然是都會的正中央地帶、但是個蠻安靜的地方。

陳　　：嗯，這裡平日是都會的綠洲。

山田：真是個優美的公園。對了，那棟建築物是什麼？有點日本風味的建築物咧。

陳　　：啊，那是一所高中。從日治時代就有的。

⑲ 昨天在關渡看到了珍奇的鳥。

⑳ 大象不但鼻子長，耳朵也大。

㉑ Ａ：這是個蠻方便的照相機哩。在哪裡買的呢？

　　Ｂ：在東京的秋葉原買的。秋葉原那邊東西豐富，蠻不錯的。而且價格便宜。

㉒ 每天都很忙碌。所以，偶爾希望有個長假。

㉓ 我每天早起。然後在公園運動。

㉔ 我每天一定看一小時左右的報紙。

㉕ 今天我的錢包內僅有100元。

㉖ 佐藤：故宮博物院還很遠嗎？

　　陳　　：不遠，馬上就快到了喔。你看，那就是故宮。

　　佐藤：啊～，那就是故宮啊。

㉗ Ａ：平常你晚上總是做些什麼？

　　Ｂ：晚上大都是看看電視，偶而聽聽古典音樂。

㉘ 台灣最古老的廟在哪邊？

㉙ 所有運動中，我最喜歡網球。

㉚ 祖父和祖母不吃肉也不吃魚。

㉛ 上完課後，我要去圖書館借書。

㉜ 陳先生（小姐）擅長於英語。

夜はいつも何をしますか。

たいていテレビを見たり、音楽を聞いたりします。

Ｎ５コース

練習 5

次の問題の（　）の中にひらがなを一つ入れなさい。必要でないときは×を入れなさい。

① A：のど（　）かわきましたね。

　B：ええ。何（　）冷たいもの（　）飲みたいですね。

② A：山下公園はここ（　）（　）遠いですか。

　B：いいえ、歩い（　）15分もかかりませんよ。

③ 鈴木さんは４月に台湾へ来ました。そして来年の３月（　）（　）台湾にいます。いま台湾（　）中国語（　）勉強をしています。

④ A：李さんの趣味（　）何ですか。

　B：ダンス（　）ショッピングなどです。

⑤ 店員：いらっしゃいませ。

　客A：カプチーノ（　）ケーキをください。

　店員：はい。ケーキは何（　）よろしいでしょうか。

　客B：ええと、わたしはチーズケーキ（　）お願いします。

　客A：わたし（　）ショートケーキ。

　店員：カプチーノ２つ（　）チーズケーキとショートケーキが１つ

　　　　（　）（　）ですね。かしこまりました。

⑥ A：あの、すみません。この電車（　）動物園へ行きますか。

　B：行きますよ。これ（　）乗って、二つ目（　）駅で電車（　）乗り換えてください。動物園（　）終点です。

　A：二つ目（　）ですね。ありがとうございました。

⑦ このスープは肉（　）さかなも使いますから、おいしいです。

⑧ わたしは背（　）低いです。しかし、妹（　）弟も高いです。

⑨ 妹は音楽を聞き（　）（　）（　）、宿題をしています。

⑩ 明日から会社の同僚（　）玉山へ行きます。

⑪ 昨日、友達（　）日本料理を食べ（　）行きました。友達はさしみ（　）たくさん食べました。わたしは好物（　）てんぷらを二皿（　）食べました。

⑫ 妹はいつも日本のテレビドラマ（　）見たがります。

⑬ 男の人（　）女の人が笑い（　）（　）（　）話しています。

⑭ 祖母（　）70歳ですが、毎日、掃除をし（　）（　）、洗濯をし（　）（　）しています。

⑮ 客　：デジタルカメラ（　）カタログ（catalog）はありますか。

　　店員：はい。カタログ（　）こちらです。どうぞ。

⑯ すべての持ち物（　）名前を書きました。

⑰ わたしは去年、野鳥の写真を200枚（　）（　）（　）撮りました。

⑱ 陽明山へ梅の花を見（　）行きました。

⑲ 日本ではご飯を食べるとき「いただきます」（　）言います。

⑳ 斉藤：台北から高雄まで高速鉄道（　）どのぐらいかかりますか。

　　陳　：時間です（　）、値段ですか。

㉑ 今日は疲れた（　）（　）、今晩は早く寝ます。

㉒ 今年の夏休みに家族といっしょに阿里山（　）登りたいです。

㉓ 台北から阿里山までバスで5時間（　）（　）（　）かかるでしょう。

㉔ Ａ：ここ（　）（　）もっと大きい本屋さん（　）どこにあります

39

か。

B：この町には本屋は一軒（　）（　）ないんです。

㉕ 李さんはいま台所（　）焼きビーフン（　）作っています。

㉖ わたしは今朝ミルクティーを2杯（　）飲みました。

㉗ これからカップラーメン（　）作って食べます。

㉘ この店（　）（　）たくさん紅茶がありますね。どれ（　）台湾の
紅茶ですか。

㉙ わたしの誕生日（　）12月24日です。

㉚ このパソコンは台湾のです（　）、日本（　）ですか。

わたしは今朝ミルクティーを2杯飲みました。

練習5（要點解說）

1 問1：何**か**冷たいもの

疑問詞（何・いつ・どこ・どうして……等）＋「か」，表示「不確定」。

2 問1：冷たいもの**が（を）**飲みたいです。

「～が～たい」是以「願望的對象」為重點。

例：わたしはiPod が買いたいです（我想買iPod）。

「～を～たい」是已先有對象，而敘述對「該對象的願望」。

例：汚れた手を洗いたいです（我想洗弄髒的手）。

但其對象為「人」時用「を」。

例：野球チームの監督として斉藤氏を迎えたい（想聘請齊藤先生為棒球隊教練）。

3 問2：公園まで歩い**て**15分です。

「て」表示「手段」，「方法」。

4 問5：チーズケーキとショートケーキが１つ**ずつ**ですね。

「ずつ」表示「等量的分配」。「各～」的意思。

5 問6：電車**に**乗り換えます。

「に」表示「該動作作用的到達點或延伸的方向」。

6 問9：妹は音楽を聞き**ながら**、宿題をしています。

「ながら」表示「兩個動作的同時進行」。

7 問16：すべての持ち物**に**名前を書きました。

「に」表示「做該動作的到達點」。有「寫到，寫在～」的意思。

8 問19：日本ではご飯を食べるときは「いただきます」**と**言います。

「と」表示「引述説話的内容」。

9 問24：ここ**より**もっと<ruby>大<rt>おお</rt></ruby>きい<ruby>本屋<rt>ほんや</rt></ruby>さん。

「より」表示「比較的基準」，有「比～」的意思。

◎ メモ

① A：口好渴啊。

　　B：嗯，真想喝點什麼冷的東西。

② A：從這裡到山下公園遠嗎？。

　　B：不遠、走路不到15分鐘喔。

③ 鈴木在４月來到台灣。然後到明年３月為止停留在台灣。目前在台灣學中文。

④ A：李小姐你的興趣是什麼？

　　B：跳舞和逛街購物等的。

⑤ 店員：歡迎光臨。

　　客Ａ：我要卡布奇諾和蛋糕。

　　店員：是。要哪種蛋糕。

　　客Ｂ：嗯～、請給我起士蛋糕。

　　客Ａ：我要草莓蛋糕。

　　店員：是，卡布奇諾兩杯還有起士蛋糕和草莓蛋糕各一個，了解。

⑥ A：哦～、請問。這輛電車去動物園嗎？

　　B：去啊。坐這班車到第二個站轉電車。動物園是終站。

　　A：是下下站喔。謝謝你。

⑦ 這道湯因為也使用了肉和魚，所以很好吃。

⑧ 我個子雖然不高，但是妹妹和弟弟都高。

⑨ 妹妹一邊聽音樂一邊做作業。

⑩ 明天和公司的同事去登玉山。

⑪ 昨日和朋友去吃了日本料理。朋友吃了很多生魚片。我吃了兩盤最喜歡吃的天婦羅。

⑫ 妹妹總是想看日本的電視連續劇。

⑬ 男生和女生兩人一邊笑著一邊正在講話。

⑭ 祖母雖然已經70歲了，每天還掃掃地洗洗衣服。

⑮ 客　：有數位相機的型錄嗎？

店員：有的。在這邊。請看。

⑯ 所有要帶去的東西都寫上了名字。

⑰ 我在去年、拍攝了約有200張的野鳥照片。

⑱ 我去了陽明山賞梅花。

⑲ 在日本用餐的時候要說「Itadakimasu（我開動了）」。

⑳ 齊藤：台北到高雄坐高鐵要花多少？

　　 陳　 ：是時間還是車資？

㉑ 今天已經累了，所以今晚要早點睡覺。

㉒ 今年的暑假想和家人一同去爬阿里山。

㉓ 從台北到阿里山坐巴士大概要花５個小時吧。

㉔ Ａ：這裡最大的書店在哪裡呢？

　　 Ｂ：這個小鎮只有一家書店。

㉕ 李小姐現在正在廚房做炒米粉。

㉖ 我今天早上喝了兩杯牛奶。

㉗ 我現在正要煮拉麵吃。

㉘ 這家店裡有許多紅茶。哪個是台灣的紅茶？

㉙ 我的生日是12月24日。

㉚ 這台電腦是台灣製的還是日本製的？

練習５解答

❶ が、か、が（を）　　❷ から、て　　❸ まで、で、の　　❹ は、や

❺ と、が、を、は、と、ずつ　　❻ は、に、の、に、は、×　　❼ も

❽ が、も　　❾ ながら　　❿ と　　⓫ と、に、を、の、×　　⓬ を

⓭ と、ながら　　⓮ は、たり、たり　　⓯ の、は　　⓰ に

⓱ ぐらい　　⓲ に　　⓳ と　　⓴ で、か　　㉑ から（ので）　　㉒ に

㉓ ぐらい　　㉔ より、は、しか　　㉕ で、を　　㉖ ×　　㉗ を

㉘ には、が　　㉙ は　　㉚ か、の

練習 6

次の問題の（ ）の中にひらがなを一つ入れなさい。必要でないときは×を入れなさい。

1 客　：もしもし、Ｋ＆Ｋコーヒーですか。ＡＢＣビル５階（ ）台北貿
　　　　易ですが、コーヒーを７杯（ ）お願いします。

　店員：ホットです（ ）、アイスですか。

　客　：ホットを４杯（ ）アイスを３杯（ ）お願いします。どのぐ
　　　　らいかかりますか。

　店員：30分（ ）（ ）（ ）です。

　客　：そうです（ ）。じゃ、お願いします。

　店員：あの、お客様のお電話番号（ ）お願いします。

　客　：はい。2345の0123です。

2 昨日はかぜ（ ）アルバイト（ ）休みました。

3 この通りは車（ ）多いですから、気（ ）つけてください。

4 時間（ ）ありませんから、早くしてください。

5 学生Ａ：あれっ、Ｂさん、ほら、忘れ物ですよ。Ｂさんの机の上
　　　　　（ ）財布がありますよ。

　学生Ｂ：これは、わたし（ ）じゃないんです。

　学生Ａ：えっ、違う。じゃ、だれ（ ）？

6 斎藤：林さんはだれ（ ）日本語（ ）習いましたか。

　林　：中国人の先生（ ）日本人の先生です。

　斎藤：どこ（ ）習いましたか。

　林　：1週間（ ）二回、塾（ ）習いました。

⑦ 張さんは新しい（　）旅行用のかばん（　）買いたがっています。

⑧ わたしは姉の友達（　）クリスマスプレゼント（　）もらいました。

⑨ これは阿里山（　）買ったお茶です。

⑩ わたしはいまアメリカの友達（　）メールを書いています。

⑪ 暑い（　）（　）、窓を開けます。

⑫ 林さんは図書館（　）新聞を読んでいます。

⑬ 昨日は久しぶりに友達（　）映画を見て（　）（　）、家へ帰りました。

⑭ 陳さんはいま廊下（　）電話をしています。

⑮ わたしは毎朝ご飯の前（　）散歩をします。そして、食後はゆっくり紅茶（　）飲みます。

⑯ 日曜日はたいてい買い物をし（　）（　）、映画を見（　）（　）します。

⑰ 陳：山崎さんの連絡先（　）知っていますか。

　　林：いいえ。でも、たぶん鈴木さん（　）知っているでしょう。

⑱ いちばん行きたい（　）外国はどこですか。

⑲ 陳さんは毎日ピアノの練習（　）２時間しています。

⑳ 台北駅でMRT（　）降りて、バス（　）乗り換ます。

㉑ わたしは毎朝ご飯を食べ（　）、みそ汁を飲みます。

㉒ テーブルにお皿を６枚（　）並べてください。

㉓ 兄は毎日このギター（　）弾いています。

㉔ 陳さんはいま音楽を聞き（　）（　）（　）、ご飯を食べています。

㉕ わたしのパソコンは陳さん（　）と同じです。

㉖ 去年、日本へ行ったとき、箱根の温泉（　）入りました。

㉗ 山田さん（　）（　）手紙が来ました。

㉘ 週末はたいてい海へ行って、ダイビング（scuba diving）（　）練習

をしています。

㉙ 昔、あるところ（　）おじいさんとおばあさん（　）いました。

㉚ おじいさん（　）毎日山へ仕事に行きました。おばあさん（　）川へ

洗濯に行きました。

練習6（要點解說）

1 問2：昨日はかぜ**で**アルバイトを休みました。

「で」表示「原因」。

2 問6：1週間**に**二回、塾で習いました。

數量名詞＋「に」表示「分配的比例」。在此表示「平均一個星期二次」的意思。

3 問13：映画を見**てから**、家へ帰りました。

「～てから」表示「前一個動詞的動作結束之後，繼續進行第二個動作」，有「～之後」的意思。

4 問20：台北駅でMRT**を**降りて、バスに乗り換えます。

「を」表示「離開的場所」。

5 問21：ご飯を食べ**て**、みそ汁を飲みます。

「て」表示「動作的連續發生」。

6 問27：山田さん**から**手紙が来ました。

名詞加「から」表示該信「出自・來自」某人。

7 問29：昔、あるところにおじいさんとおばあさん**が**いました。

「が」表示「首次出現的主角」。也就是首次提到的「未知」的訊息或資訊。

8 問30：おじいさん**は**毎日山へ仕事に行きました。おばあさん**は**川へ洗濯に行きました。

再次提到時同一事物時屬「已知」訊息，使用「は」。

練習6（中譯）

1. 客　：喂～，K＆K咖啡嗎？這是ABC大樓5樓的台北貿易公司，拜託送7杯咖啡。

   店員：要冰咖啡還是熱咖啡？

   客　：熱咖啡4杯，冰咖啡3杯。要多久？

   店員：差不多30分鐘。

   客　：這樣子啊。那麼，就拜託你了。

   店員：請問～、您的電話號碼。

   客　：好的，2345-0123。

2. 昨日因感冒請假沒打工。

3. 這條馬路車多請小心。

4. 因沒有時間，請趕快。

5. 學生A：喔～？B同學、你看、忘了東西囉。你的桌上有個錢包。

   學生B：這個、不是我的。

   學生A：啊、不是你的。那麼、是誰的呢？

6. 齋藤：林先生，你是跟誰學日語的？

   林　：跟中國人和日本人的老師學的。

   齋藤：在哪裡學的？

   林　：1星期兩次，在補習班學的。

7. 張先生想買休閒用旅行箱。

8. 姊姊的朋友送了我聖誕禮物。

9. 這是在阿里山買的茶。

10. 現在正在給美國的友人寫電子郵件。

11. 因天氣熱，我開窗囉。

12. 林先生現在正在圖書館看報。

13. 隔了好一陣子，昨天和朋友去看了電影後才回家。

14. 陳先生在走廊打電話。

N5コース

⑮ 我每天早上在吃飯前散步。然後，吃飯後慢條斯理地喝紅茶。

⑯ 星期天大概是買買東西，看看電影。

⑰ 陳：你知道山崎的聯絡電話或聯絡地址嗎？。

　　林：不知道。不過，大概鈴木曉得吧。

⑱ 最想去的國家是哪裡？

⑲ 陳小姐每天練習兩小時的鋼琴。

⑳ 在台北車站下車，轉乘巴士。

㉑ 我每天早上吃飯然後喝味噌湯。

㉒ 請在餐桌上排 6 個盤子。

㉓ 家兄每天彈這把吉他。

㉔ 陳先生（小姐）現在一邊在聽音樂一邊在吃飯。

㉕ 我的個人電腦跟陳先生的一樣。

㉖ 去年、去日本時到了箱根洗溫泉。

㉗ 山田先生（小姐）來了一封信。

㉘ 週末幾乎都到海邊練習潛水。

㉙ 從前，在某個地方有一位老公公和老婆婆。

㉚ 老公公每天到山上工作。老婆婆到河裡去洗衣服。

練習6解答

1 の、×、か、と、×、ぐらい、か、を　**2** で、を　**3** が、を
4 が　**5** に、の、の　**6** に、を、と、で、に、で　**7** ×、を
8 に、を　**9** で　**10** に　**11** から（ので）　**12** で
13 と、から　**14** で　**15** に、を　**16** たり、たり　**17** を、が
18 ×　**19** を　**20** を、に　**21** て　**22** ×　**23** を　**24** ながら
25 の　**26** に　**27** から　**28** の　**29** に、が　**30** は、は

練習　7

次の問題の（　）の中にひらがなを一つ入れなさい。必要でないと
きは×を入れなさい。

① A：明日、友達のお見舞い（　）行きたいんですが、台湾大学病院へ
　　　はどうやって行きますか。

　　B：MRTの台湾大学病院駅（　）（　）歩いて近いですよ。

② 今晩は星（　）たくさん光っているから、明日はいい天気でしょう。

③ 母は毎朝、ラジオ（　）日本語の勉強をしています。

④ これはわたしの焼いた（　）パンですが、どうぞ食べてみてくださ
　い。

⑤ A：どうして薬（　）飲むんですか。かぜですか。

　　B：いいえ。頭（　）痛いんです。睡眠不足（　）ときは、ときどき
　　　痛いんです。

⑥ あの人はいろいろなサプリメント（supplement）（　）毎日たくさ
　ん飲んでいます。

⑦ あの人は新しいジーパン（　）ほしがっていました。

⑧ ここは入り口です（　）（　）、ここ（　）荷物を置かないでくださ
　い。

⑨ A：陳さんの歓迎会にはどんな料理（　）いいでしょうか。

　　B：陳さんは辛い（　）料理が好きですよ。

⑩ 山田：カツ丼（　）ください。それからビール（　）お願いします。

　　店員：カツ丼（　）ビールですね。かしこまりました。

⑪ 子どものころ、わたしは両親（　）よく日本のアニメを見ました。

⑫ 陳：パーティーには何人（ ） 来ましたか。

　　林：15人（ ）（ ） 来ませんでした。

⑬ Ａ：外来語（ ） わかりますか。

　　Ｂ：はい。しかし、むずかしい（ ） はわかりません。

⑭ 今度の土曜日に、わたしの家（ ） 陳さんの送別会をしますが、林さん（ ） 来ませんか。

⑮ 昨日は４時間も歩い（ ）、疲れました。

⑯ この公園（ ） は、桜の木（ ） 150本以上もあります。

⑰ 今年もあと３週間（ ） お正月です。

⑱ あの人は病気（ ） 会社（ ） 辞めました。

⑲ 熱（ ） 下がって、食欲も出てきました。

⑳ トラックの後ろ（ ） 小さい子どもがいますから、気（ ） つけてください。

㉑ Ａ：どこか（ ） 食事をして（ ）（ ） コンサートに行きませんか。

　　Ｂ：そうしましょう。あの（ ） 「満腹レストラン」はどうですか。

㉒ わたしは友達に旅行のお土産（ ） もらいました。お土産（ ） 日本のお菓子で、とてもおいしかったです。

㉓ 山田：林さん（ ） ご出身はどちらですか。

　　林　：彰化県（ ） 員林です。

㉔ お昼ご飯はハンバーガー１つ（ ）（ ） だったので、おなか（ ） すきました。

㉕ すぐ来ますから、ここ（ ） ちょっと待っていてください。

㉖ 山田さん（　）どうして臭豆腐を食べないのでしょう。

㉗ 結婚式には友達（　）おおぜい招待します。

㉘ わたしのアパートは安く（　）広いですが、駅（　）（　）遠いです。

㉙ 部屋の窓（　）みどり色のカーテン（　）掛けてあります。

㉚ 王さんは高校三年生です。朝（　）（　）夜遅く（　）（　）勉強しています。王さんの一日（　）とても長いです。

㉛ 30年前、ここ（　）静かな村でしたが、今はにぎやかな町（　）なりました。

㉜ 机の上に赤い（　）ボールペンがたくさん並べてあります。

㉝ 病気（　）今日は一日中、何（　）食べませんでした。

㉞ Ａ：あれっ？これはだれ（　）本ですか。

　Ｂ：あ、これは山田さん（　）です。ここに名前（　）書いてありますよ。

㉟ この新聞（　）古いですから、もういりません。

練習7（要點解說）

1 問2：星**が**光っている。

「が」敘述眼前所看到的自然現象文。自然界現象當主語時用「が」。

例如：風が吹く（風吹）、花が咲く（花開）、雪が降る（下雪）、月が出る（月亮出來）、雨がやむ（雨停）等。

2 問5：頭**が**痛いんです。

敘述身體各部位，各器官的狀況時使用表示小主語的「が」。

3 問15：昨日は4時間も歩い**て**、疲れました。

「て」表示「原因」，「理由」。

4 問24：お昼ご飯はハンバーガー1つ**だけ**だったので、〜。

「だけ」表示「限定的內容，範圍」。

5 問24：〜ので、おなか**が**すきました。

「おなかがすく」是「肚子餓」的意思。敘述身體各部位、各器官的狀況時使用表示主語的「が」。

6 問29：部屋の窓**に**みどり色のきれいなカーテン**が**掛けてあります。

與句型「Aに〜Bがあります」相同。「〜に〜が〜てあります」表示由「事先已做好準備的狀態」。

7 問31：にぎやかな町**に**なりました。

「〜になる」表示「事物或狀態轉變之結果」。

練習7（中譯）

1. Ａ：明天、我想去探望同學，台大醫院怎麼去？

   Ｂ：從捷運的台大醫院站用走的比較近喔。

2. 今晚有許多星星閃亮，明天大概是好天氣。

3. 家母每天早上聽收音機學日語。

4. 這是我烤的麵包，請用用看。

5. Ａ：為什麼吃藥？是感冒嗎？

   Ｂ：不是。是頭痛。睡眠不足時、有時會痛。

6. 那個人每天服用各種的營養補助劑。

7. 那個人想要一件新的牛仔褲。

8. 這裡是出入口，請不要在這裡放東西。

9. Ａ：陳先生的歡迎會上準備什麼料理好呢？

   Ｂ：陳先生喜歡辣的料理喔。

10. 山田：請給我一份豬排定食。還有一瓶啤酒。

    店員：豬排定食和啤酒。好的。

11. 在我小的時候，雙親常常觀看日本的動畫片。

12. 陳：派對來了多少人？

    林：只來了15人。

13. Ａ：你懂外來語嗎？

    Ｂ：懂。可是太難的不懂。

14. 下週六在我家要舉行陳先生的歡送會，林先生你也來嗎？

15. 昨天我竟然走了４個小時，好累。

16. 在這座公園裡有150棵以上的櫻花樹。

17. 今年再過３個禮拜也就是新年了。

18. 他因生病辭去了工作。

19. 已經退了燒，食慾也來了。

20. 在卡車的後面有幼兒，請小心。

㉑ Ａ：先找個地方吃飯再去看演唱會吧！

　　Ｂ：就這樣。那家「滿腹餐廳」怎麼樣？

㉒ 朋友送了我去旅遊的特產。特產是日本糕點，蠻好吃的。

㉓ 山田：林先生（小姐）你是哪裡人。

　　林　：我是彰化縣員林人。

㉔ 中餐只吃了一個漢堡，所以肚子餓起來了。

㉕ 我馬上來，你在這邊稍微等著我。

㉖ 山田先生為什麼不吃臭豆腐呢？

㉗ 結婚典禮時將招待很多同學。

㉘ 我租的房間又便宜又大，但離車站遠。

㉙ 房間的窗戶上掛有綠色的窗簾。

㉚ 王同學是高中三年級。從清早到夜晚都在用功。王同學的一天很長。

㉛ 30年前、這裡是閑靜的村落，但現在已經成為熱鬧的城市。

㉜ 在桌子上放著有紅色的原子筆。

㉝ 我因生了病今天整天都沒吃東西。

㉞ Ａ：咦？這是誰的書呢？

　　Ｂ：啊、這是山田先生（小姐）的。在這裡有寫名字。

㉟ 這份報紙已過時，所以不要了。

練習 7 解答

1 に、から　**2** が　**3** で　**4** ×　**5** を、が、の　**6** を
7 を　**8** から（ので）、に　**9** が、×　**10** を、も、と　**11** と
12 ×、しか　**13** が、の　**14** で、も　**15** て　**16** に、が　**17** で
18 で、を　**19** が　**20** に、を　**21** で、から、×　**22** を、は
23 の、の　**24** だけ、が　**25** で　**26** は　**27** を　**28** て、から
29 に、が　**30** から、まで、は　**31** は、に　**32** ×　**33** で、も
34 の、の、が　**35** は

56

練習 8

次の問題の（ ）の中にひらがなを一つ入れなさい。必要でないときは×を入れなさい。

① Ａ：これは何枚（ ）コピーしましょうか。

　Ｂ：そうですね。じゃ、20枚（ ）（ ）お願いします。

② カプセル（kapsel）はかぜ薬で、粉薬（ ）胃腸薬ですから、間違えないでください。

③ 王さん、16ページの２行目（ ）（ ）ちょっと読んでください。

④ このくつはサンプル（ ）少し違います。

⑤ 明日は10時（ ）（ ）大事な会議があります。全員必ず（ ）出席してください。

⑥ すみません（ ）、みんな勉強していますから、少し静か（ ）してください。

⑦ この山はここ（ ）（ ）登ります。頂上（ ）（ ）１時間ぐらいです。

⑧ 朝６時に起きました。そして山田さんの車（ ）日光へもみじ（ ）見に行きました。

⑨ あと５分（ ）コンサートが始まります。

⑩ あの人は今日来る（ ）どうか分かりません。

⑪ 宿題をしたあとで、友だち（ ）メールします。

⑫ すみませんが、タクシー（ ）二台（ ）呼んでください。

⑬ 王さんはいつもカード（ ）買い物をします。

⑭ 昨日、陽明山へ行きました。白い梅の花（ ）咲いていました。もう

57

すぐ春（　）来ます。

⑮ これはわたし（　）日本へ行ったとき、京都（　）撮った桜の写真です。

⑯ あの人はお金も仕事（　）ありません。

⑰ だれ（　）辞書を持っている人はいませんか。

⑱ 飛行機が空（　）飛んでいます。

⑲ 窓（　）（　）すずしい風が入ります。

⑳ 日本では、車は道の左側（　）走ります。

㉑ お風呂に入るときは、必ずよく体（　）洗ってから入りましょう。

㉒ すみませんが、その辞書（　）ちょっと貸してください。

㉓ 日曜日には山に登っ（　）（　）、プールで泳い（　）（　）しています。

㉔ コーヒーには砂糖もミルク（　）入れないで飲みます。

㉕ Ａ：このバスは台北駅のそば（　）通りますか。

　　Ｂ：いいえ、台北駅のそば（　）通りません。

㉖ 黒板（　）来週の補講の予定（　）書いてあります。

㉗ 最近、父は老眼鏡（　）かけて、新聞を読んでいます。

㉘ 今日、学校へ来た（　）とき、教室にはだれ（　）いませんでした。

㉙ 観客は映画（　）見ながら、大きい声（　）笑っています。

㉚ 佐藤さん（　）目が大きくて、宮沢さんは足（　）細くて長いです。

㉛ Ａ：いま佐藤さん（　）話をしている（　）人はどなたですか。

　　Ｂ：あ、あの方（　）山下先生です。

㉜ 英語の本（　）たくさん持っていますが、日本語の本は少し（　）

（　）持っていません。

③ A：音楽を聞くこと（　）本を読むことと、どちら（　）好きです

　か。

　B：どちらも好きですが、やっぱり聞く（　）ほうかな。

④ 多くの東洋人ははし（　）ご飯を食べます。

⑤ 玄関にだれ（　）来ましたよ。

⑥ 夕べのパーティーではどんなもの（　）食べましたか。

⑦ 今朝は時間（　）なかったから、果物（　）（　）食べませんでし

た。

⑧ 今日は風（　）強いですから、窓を閉めたほうがいいですね。

多くの東洋人ははしでご飯を食べます。

練習8（要點解說）

1 問１：20枚<ruby>ほど</ruby>お願いします。
　まい　　　　ねが

　數量詞＋「ほど」表示「數量的大略程度」。

2 問４：このくつはサンプル**と**少し違います。
　　　　　　　　　　　　　　すこ　ちが

　「と」表示「兩件事物比較的基準」。

3 問10：あの人は今日来る**かどうか**分かりません。
　　　ひと　きょう く　　　　　　わ

　「～かどうか」表示「未確知的正反兩面的内容」。

4 問12：すみませんが、タクシー**を**呼んでください。
　　　　　　　　　　　　　　よ

　「を」表示「動作的受詞」。

5 問17：だれ**か**辞書を持ってい\る人はいませんか。
　　　　　　じしょ も　　　　ひと

　疑問詞＋「か」表示「不確定」，有「是否」的意思。

6 問18：飛行機が空**を**飛んでいます。
　　ひこうき そら と

　「を」表示「動作的移動所經過或通過之地點」。當使用「歩く」，
　　　　　　　　　　　　　　　　　　　　　　　　　ある

　「走る」，「飛ぶ」，「渡る」，「通る」等表示移動方法的動詞時，
　　はし　　　と　　　わた　　　とお

　以「を」表達其「動作的場所」。

◎ メモ

60

練習8（中譯）

① A：要拷貝幾張呢？

　 B：嗯～，麻煩拷貝20張。

② 膠囊的是感冒藥，粉末的是胃腸藥。請不要弄錯。

③ 王同學，請從第16頁的第2行開始唸。

④ 這雙鞋子和樣品有些許不同。

⑤ 明天10點開始有重要會議。請全員出席。

⑥ 對不起，大家在讀書，請安靜。

⑦ 這座山從這裡開始爬。到達山頂上約一小時。

⑧ 早上6點起床。然後坐山田的車去日光看楓紅。

⑨ 再過5分鐘演唱會就要開演。

⑩ 他今天來還是不來不太清楚。

⑪ 我寫完習題以後，再給同學寫電子郵件。

⑫ 對不起，想麻煩你叫兩台計程車。

⑬ 王先生總是用信用卡購物。

⑭ 昨天去了陽明山。當時白色的梅花正開著。春天即將來臨。

⑮ 這是我去日本時，在京都照的櫻花的相片。

⑯ 那個人沒錢也沒工作。

⑰ 有誰帶著字典嗎？

⑱ 飛機在空中飛行。

⑲ 從窗戶吹來陣陣的涼風。

⑳ 在日本汽車靠左行。

㉑ 要泡澡之前，一定要先沖好身體再進入池子。

㉒ 不好意思，那台電子字典借我一下好嗎？

㉓ 假日都爬爬山，或游泳等的。

㉔ 我喝咖啡時不加糖也不加奶精。

㉕ Ａ：這輛巴士有經過台北車站嗎？

　　Ｂ：沒有、不經過台北車站。

㉖ 黑板上有寫著下週補課的預定時間。

㉗ 最近，家父戴老花眼鏡看報。

㉘ 今天我到學校的時候，教室裡沒有任何人。

㉙ 觀眾們一邊看著電影，一邊大笑。

㉚ 佐藤小姐眼睛大大的，宮澤小姐腳細細長長的。

㉛ Ａ：現在跟佐藤先生講話的是誰？

　　Ｂ：喔，那位先生是山下老師。

㉜ 我有許多英語的書，但只有一點點日語的書。

㉝ Ａ：聽音樂和看書，您喜歡哪一樣呢？

　　Ｂ：兩者都喜歡，但我還是比較喜歡聽音樂。

㉞ 許多東方人用筷子吃飯。

㉟ 玄關有人來喔。

㊱ 在昨晚的慶祝會上你吃了什麼？

㊲ 今天早上因為沒有時間，所以只吃了水果。

㊳ 今天因為風很強，把窗戶關起來比較好吧。

練習8解答

1 ×、ほど　　**2** は　　**3** から　　**4** と　　**5** から、×　　**6** が、に

7 から、まで　　**8** で、を　　**9** で　　**10** か　　**11** に　　**12** を、×

13 で　　**14** が、が　　**15** が、で　　**16** も　　**17** か　　**18** を　　**19** から

20 を　　**21** を　　**22** を　　**23** たり、だり　　**24** も　　**25** を、は

26 に、が　　**27** を　　**28** ×、も　　**29** を、で　　**30** は、が

31 と、×、は　　**32** は、しか　　**33** と、が、×　　**34** で　　**35** か

36 を　　**37** が、しか　　**38** が

練　習　9

次の問題の（　）の中にひらがなを一つ入れなさい。必要でないときは×を入れなさい。

① 今年の冬は寒いので、合歓山（　）雪が降りました。

② 長い（　）時間インターネットをしていたから、目（　）疲れました。

③ この島には医者が一人（　）いません。

④ Ａ：プリンター（　）買いたいんですが、どこ（　）買ったらいいでしょうか。

　Ｂ：駅のそばの店（　）いいですよ。いろいろなプリンター（　）あって、安いですよ。

⑤ 陳　：山田さんはどちら（　）お好きですか。

　山田：わたしはこちら（　）いいですね。

⑥ 佐藤：うち（　）東通り１丁目なんですが、鈴木さん（　）家は２丁目で、近所だったんですね。

　鈴木：そうですか。佐藤さんの家は１丁目（　）どこですか。

⑦ 部屋の電気（　）ついているから、たぶん山田さんはいるでしょう。

⑧ 母の日にはレストラン（　）食事をするので、今日、その予約をしました。

⑨ 動物園（　）パンダの赤ちゃん（　）生まれました。名前（　）まだありません。

⑩ 会議の時間（　）なりましたから、始めましょう。

⑪ きのう南米（　）大きい地震がありました。

⑫ 今年は去年（　）（　）１週間も早く桜が咲きました。

⑬ このメロンは１つ200元、二つ（　）350元です。

⑭ 日本語（　）はじめはやさしかったんです（　）、最近は文法（　）少し難しいです。

⑮ コーヒーも紅茶（　）飲みます。もちろんウーロン茶や日本茶（　）好きです。

⑯ 楊梅に行く（　）バスは反対のバス停にありますから、そこ（　）また聞いてみてください。

⑰ Ａ：これ（　）いい絵ですね。

　　Ｂ：そうですか。これは息子（　）描いた絵なんです。

⑱ 田中：林さんはどの（　）（　）（　）日本語を勉強しましたか。

　　林　：ちょうど（　）１年半です。

⑲ 何かおいしいもの（　）（　）食べて帰りましょう。

⑳ このデパート（　）15年前にオープンしました。

㉑ わたしは先月（　）（　）ガソリンスタンド（　）アルバイトを始めました。

㉒ 夜はいつも静かな音楽（　）聞いてから寝ます。

㉓ Ａ：このケーキ、おいしいですね。どこ（　）買ったんですか。

　　Ｂ：買ったんじゃなくて、わたし（　）作ったんです。。

㉔ 冷房（　）ついているから、窓を開けないでください。

㉕ 先生は笑い（　）（　）（　）学生の書いた作文を読んでいます。

㉖ 将来、わたしは公務員（　）なりたいです。

㉗ パーティー（　）もう始まりましたか。

㉘ 強い風（　）吹きました。それで目の中（　）ごみが入って、痛いです。

㉙ 分からない人はわたし（　）質問してください。

㉚ 佐藤さんは白い（　）帽子をかぶっています。

㉛ 窓を開けて、部屋の空気（　）きれいにします。

㉜ 去年、この小説（　）読みました。とてもおもしろかったです。

㉝ 食後は必ず歯（　）みがきます。寝る前に（　）みがきます。

㉞ 陳　：佐藤さん（　）台湾に来たの（　）いつだったかしらね？

　佐藤：二年前（　）ちょうど今日なんです。

㉟ 「おやすみなさい」（　）どんな時に言いますか。

㊱ 冷蔵庫の中（　）食べ物（　）いっぱいです。

佐藤さんは白い帽子をかぶっています。

1 問2：目**が**疲れました。

叙述身體各部位，各器官的狀況時用「が」表示「小主語」。

2 問7：部屋の電気**が**ついています。

「が」表示「會產生變化之事物的動詞」，如「つく」，「開く」，

「止まる」之類的動詞稱為「自動詞」。

3 問17：これは息子**が（の）**描いた絵です。

作為連體修飾的主語時接「が（の）」。

4 問19：何かおいしいもの**でも**食べて帰りましょう。

「名詞＋でも」表示如「名詞之類的」東西中舉出一項做為例子。語氣

較委婉。

5 問29：分からない人はわたし**に**質問してください。

「に」表示「動作的對象」，在此情形是屬單方的動作或行為。

6 問36：冷蔵庫の中は食べ物**で**いっぱいです。

「で」表示充滿的材料，原因。

◎ メモ

練習9（中譯）

1 今年的冬天嚴寒，所以合歡山下了雪。

2 因長時間上網，所以眼睛疲勞了。

3 這個島上一位醫生也沒有。

4 A：我想買一台印表機。哪邊買較好？

　B：車站旁邊的商店比較好。有各式各樣的印表機又便宜喔！

5 陳　：山田您喜歡哪一個？

　山田：我喜歡這一個。

6 佐藤：我家在東街1丁目，鈴木小姐住在2丁目就在這附近囉。

　鈴木：是嗎？佐藤小姐的家是在1丁目的哪兒？

7 因為房間的燈亮著，山田先生應該在吧。

8 母親節因為要在餐廳用餐，所以今天先訂了位。

9 動物園裡小貓熊誕生了。還沒有名字。

10 開會的時間到了，我們就開始吧！

11 昨天在南美洲發生了大地震。

12 今年櫻花比去年早了1星期開花。

13 這個甜瓜1個200元、2個350元。

14 日語在開始學時覺得容易，但最近感覺文法有點難。

15 我喝咖啡也喝紅茶。當然也喜歡烏龍茶和日本茶。

16 往楊梅的巴士在對面的巴士站，請在那邊再問一下。

17 A：這是一幅好畫喔。

　B：是嗎，是我兒子畫的。

18 田中：陳同學你學了多久的日語了。

　林　：剛好是一年半。

19 吃點好吃的東西再回去吧。

20 這家百貨公司在15年前開設的。

㉑ 我從上個月開始在加油站打工。

㉒ 晚上總是聽些安靜的音樂再睡覺。

㉓ Ａ：這個蛋糕蠻好吃的。是在哪邊買的？

　　Ｂ：不是買的，是我做的。

㉔ 現在開著冷氣，請不要開窗。

㉕ 老師一邊讀著學生寫的作文一邊笑著。

㉖ 將來，我想當公務員。

㉗ 歡迎會已經開始了嗎？

㉘ 來了一陣強風。眼睛裡跑進了灰塵，因此眼睛痛。

㉙ 不知道的人請問我。

㉚ 佐藤小姐戴著一頂白帽子。

㉛ 我打開窗戶，以便房間更換為新鮮的空氣。

㉜ 去年、我讀了這本小說。是本有趣的小說。

㉝ 我吃完飯以後一定刷牙。睡前也刷牙。

㉞ 房東：佐藤小姐什麼時候來到台灣的呢？

　　佐藤：剛好是兩年前的今天耶。

㉟ 「祝您晚安」是在什麼時候使用？

㊱ 冰箱裡有很多的食物。

練習9解答

1 に　**2** ×、が　**3** も　**4** を（が）、で、が、が　**5** が、が
6 は、の、の　**7** が　**8** で　**9** で、が、は　**10** に　**11** で
12 より　**13** で　**14** は、が、が　**15** も、も　**16** ×、で
17 は、が（の）　**18** ぐらい、×　**19** でも　**20** は　**21** から、で
22 を　**23** で、が　**24** が　**25** ながら　**26** に　**27** は
28 が、に　**29** に　**30** ×　**31** を　**32** を　**33** を、も
34 が、は、の　**35** は　**36** は、で

練習　10

次の問題の（　）の中にひらがなを一つ入れなさい。必要でないときは×を入れなさい。

① 陳さんは毎日、朝早く起きて、会社（　）（　）自転車で行きます。

② 明日（　）（　）沖縄へ一人（　）２週間出張します。

③ 何回（　）電話をかけました。しかし、あの人はぜんぜん電話（　）出ません。

④ 一昨日、図書館（　）DVDを借りて、今日、返しました。

⑤ 学生　　：あのう、きのう教室（　）日本語会話の本を忘れたんですが。

　　事務員：何番（　）教室ですか。

　　学生　　：301教室です。午後３時25分ごろ教室（　）出ました。

　　事務員：そうですか。本（　）名前が書いてありますか。

⑥ レポート（　）出す前にコピーを取ったほうがいいですよ。

⑦ これは母（　）パソコン（　）書いた年賀状です。母はいま社区大学（　）パソコンの使い方を勉強しています。

⑧ 日本のドラマ（　）見て、日本語を勉強する（　）人がいます。

⑨ Ａ：わたしは１週間（　）一回、ヨガ（　）習っています。

　　Ｂ：ヨガは体（　）いいでしょうね。

　　Ａ：ええ。いっしょ（　）いかがですか。

　　Ｂ：どこ（　）習っているんですか。

　　Ａ：駅前（　）スポーツクラブです。

⑩ 明日の朝は７時（　）（　）（　）学校へ来てください。運動会

（　）練習をします。

⑪ 「こんにちは」（　）中国語で何（　）言いますか。

⑫ ここは駐車禁止ですから、車（　）止めないでください。オートバイ（　）禁止です。

⑬ 先月はお金（　）なくて、とても困りました。

⑭ わたしはたいてい晩ご飯（　）食べる前に、おふろ（　）入ります。

⑮ A：都会（　）生活はどうですか。

　　B：便利（　）いいです。

　　C：忙しく（　）、わたしはいなかのほうがいいですね。

⑯ 毎年、お正月には、家族みんな（　）写真をとります。

⑰ 台北の夏は気温（　）高いです。それに湿度（　）高いです。

⑱ ろうかは静か（　）歩きましょう。

⑲ 山田：張さんのお仕事（　）何ですか。

　　張　：わたしはデパート（　）中にある宝石店（　）働いています。

⑳ 試験（　）（　）あと30分しかないから、タクシー（　）行きます。

㉑ 大切なことは必ず手帳（　）書きます。

㉒ 佐藤：黄さんはいま何（　）ほしいものがありますか。

　　黄　：ええ、あります。日本語の電子辞書（　）ほしいですね。

㉓ 今朝、だれ（　）いちばん早く学校へ来ましたか。

㉔ A：どのケーキ（　）買いましょうか。

　　B：あの大きい（　）はどうですか。

㉕ 毎晩、遅く（　）（　）仕事をして病気になりました。

㉖ この公園（　）はいろいろな鳥（　）たくさんいます。

[27] 何（　）おいしい物が食べたいですね。

[28] 客　　：次の信号（　）左へ曲がってください。それからまっすぐ行

ってください。あの（　）高いビルの前（　）とめてくださ

い。

運転手：あの前にトラック（　）とまっていますから、ここ（　）い

いですか。

[29] わたしは夕べクラスメート（　）コンサートを聞き（　）行きまし

た。

[30] けさ、わたしは朝ご飯（　）食べないで学校へ来ました。

練習10（要點解說）

1 問3：あの人はぜんぜん電話<ruby>に<rt></rt></ruby>出ません。

「に」有「到達點」的意思。「電話に出る」表示「接電話」的意思。

2 問9：ヨガは体<ruby>に<rt></rt></ruby>いいでしょうね。

「～にいい」表示「對～有益」，「体にいい」是慣用句。

3 問11：「こんにちは」は中国語で何<ruby>と<rt></rt></ruby>言いますか。

「何」＋「と」＋「言う」表示「稱呼」或是「名稱的內容」。

4 問28：次の信号<ruby>を<rt></rt></ruby>右へ曲がってください。

「を」表示動作的場所。

 メモ

72

練習10（中譯）

① 老陳每天很早起床騎腳踏車到公司。

② 我從明天起獨自去沖繩出差2星期。

③ 我打了好幾次電話。但他都沒接電話。

④ 前天，在圖書館借了DVD，今天歸還了。

⑤ 學　生：哦～，昨天我把會話課本遺忘在教室了。

　　辦事員：是幾號教室呢？

　　學　生：是301教室。我在下午3點25分左右走出教室。

　　辦事員：這樣子啊。課本上有寫名字嗎？

⑥ 最好在交報告之前先複印一份。

⑦ 這是家母用個人電腦打的賀年卡。家母目前在社區大學學電腦的用法。

⑧ 有人看日劇學日文。

⑨ A：我每週學一次瑜珈。

　　B：瑜珈有益於身體吧。

　　A：嗯。要不要一起學？

　　B：在哪裡學的呢？

　　A：在車站前的健身俱樂部。

⑩ 請在明天早上7點以前來到學校。在上課之前，要進行運動會的練習。

⑪ 「Konnichiwa」中文怎麼說？

⑫ 此處禁止停車，所以請勿停車。也禁停放機車。

⑬ 上個月沒有錢好落魄。

⑭ 我大都在吃晚飯前先洗澡。

⑮ A：在都會區的生活怎麼樣？

　　B：很方便，很好。

　　C：我覺得太過忙碌，還是鄉下好。

⑯ 每年，在過新年時，家人大家一齊合照。

⑰ 台北的夏天氣溫高。而且濕度也高。

⑱ 大家肅靜通過走廊。

⑲ 山田：張小姐（先生）你從事什麼工作？

　　張　：我在百貨公司內的珠寶店工作。

⑳ 再過30分鐘就考試了，我坐計程車去。

㉑ 重要的事情我一定寫在記事本上。

㉒ 佐藤：黃同學你現在想要有什麼東西呢？

　　黃　：嗯，有啊。我想要日語的電子辭典。

㉓ 今天早上，誰最先到學校？

㉔ Ａ：要買哪種蛋糕呢？

　　Ｂ：那個大的怎麼樣？

㉕ 每晚我都工作到很晚，所以生病了。

㉖ 在植物園裡面有許多各式各樣的鳥。

㉗ 我想吃點什麼好吃的東西。

㉘ 客人：請在下一個紅綠燈左轉。然後直走。請停在那棟高樓的前面。

　　司機：高樓前停著一輛卡車，停在這邊可以嗎？

㉙ 我昨晚跟班上的同學去聽了演唱會。

㉚ 今天早上，我沒吃早餐就來到了學校。

練習　11

次の問題の（　）の中にひらがなを一つ入れなさい。必要でないと
きは×を入れなさい。

① かぜ（　）ひいて、昨日からのどが痛いです。咳（　）出ます。

② 荷物（　）多いですね。少し持ちましょうか。

③ 学生：先生、レポートはいつ（　）出しますか。

　　教師：来週の月曜日（　）（　）（　）出してください。

④ あの人はMP3で音楽を聞き（　）（　）（　）、オートバイに乗って
　　います。

⑤ 今月はまだ一日（　）雨が降っていません。

⑥ そのニュース（　）もうみんな知っています。

⑦ A：林さんの誕生日はいつ（　）ですか。

　　B：さあ、いつ（　）わかりません。

⑧ 明日は試験（　）あります。今晩、山田さんは早く寝ました（　）、
　　鈴木さん（　）まだ勉強しています。

⑨ 雪（　）降っていますが、午後にはやむでしょう。

⑩ みなさん、二列（　）並んでください。

⑪ すみませんが、ちょっとその本（　）取ってくださいませんか。

⑫ ボールペンを忘れたので、友達（　）借りました。

⑬ 山田：きれいな花ですね。何（　）いう花ですか。

　　張　：これ（　）木綿の花です。

　　山田：いい色（　）花ですね。

　　張：この通りのずっと向こう（　）（　）たくさん咲いていますよ。

⑭ A：今度の土曜日に絵画展（　）見に行きませんか。

　　B：あ、すみません。今度の土曜日はちょっと都合（　）悪いんです

　　　　が。日曜日（　）いかがですか。

⑮ 春休みに日本へ行くとき、飛行機の中で鈴木さん（　）あいました。

⑯ 最近、運動をしているから、体（　）じょうぶになりました。

⑰ 卒業旅行（　）どこへ行く（　）まだ分かりません。

⑱ 来週、同窓会（　）あります。費用は一人（　）700元です。

⑲ このセーター（　）デパートのバーゲンセール（　）買いました。

⑳ 客　：あの、30分（　）（　）（　）前に注文したピザはまだでしょ

　　　　うか。

　　店員：申し訳ございません。もう少々（　）お待ちください。

㉑ 父は毎日、母（　）作ったお弁当を持って会社へ行きます。

㉒ この木の下（　）ベンチがありますから、ここ（　）ちょっと休みま

　　しょう。

㉓ 電車（　）とまりました。地震があった（　）（　）です。

㉔ すみません。ちょっとしょう油（　）取ってください。

㉕ 質問のある人は手（　）あげてください。

㉖ あの人のお父さん（　）東京の郊外に大きい家（　）買いました。

㉗ わたしは本を読み（　）（　）（　）、コーヒーを飲む（　）が好き

　　です。

㉘ この民宿（　）オーナー（owner）は台湾出身の人です。

㉙ 陳　：明日、ドライブ（　）行きませんか。

　　山田：いいですね。どこ（　）しましょうか。

76

陳　：金山（　）淡水はどうですか。

山田：金山（　）どんなところですか。

陳　：なかなかいい（　）ところで、海（　）とてもきれいですよ。

㉚ 台湾の冬は日本の冬（　）（　）ずっと暖かいです。

㉛ たまねぎは皮（　）むいて、薄く（　）切ってください。

㉜ 陳：わたしは毎朝、6時に起きて、テレビのニュースを見（　）

　　　（　）（　）ゆっくりと食事をします。

　　林：何を食べますか。

　　陳：おかゆだっ（　）（　）パンだったりです。それから、りんごを

　　　一つ。りんごを食べない日（　）ありません。

㉝ 毎週、水曜日の夜は会社の同僚（　）体育館でバドミントンをしてい

ます。

㉞ このバス（　）台北駅へは行きません。

㉟ わたしは山田さんに「ありがとうございました」（　）お礼を言いま

した。

㊱ 今日の午後に入った（　）あのコーヒーショップ（　）静かでよかっ

たです。

㊲ すみませんが、この漢字（　）どう読む（　）教えてくださいません

か。

㊳ これは臭豆腐（　）いうものです。

練習11（要點解說）

1 問10：二列に並んでください。

「に」表示「轉變之結果」。

2 問12：友だちに借りました。

「に」表示「動作的對象」，在此是屬單方的動作或行為。

3 問13：何という花ですか。

向他人請問人名或是物名的提問用語。回答方式是「〜という花です」。

4 問14：ちょっと都合が悪いんですが。

「都合」表示「狀況許可或是不許可」。在此表示「受他人邀請時，能否出席的回答方式的一種」。

5 問15：飛行機の中で鈴木さんにあいました。

「に」表示「あいました」的對象。「に」表示「所會面的對象」，在此是屬單方的動作。

◎ メモ

練習11（中譯）

① 因感冒昨天開始喉嚨痛。也咳嗽。

② 有好多東西喔。我來提吧。

③ 學生：老師、報告什麼時候交？

　　老師：請在下週的星期一前交出來。

④ 他一邊聽MP3一邊騎著機車。

⑤ 這個月一天也還沒下過雨。

⑥ 那則新聞報導大家已經知悉了。

⑦ A：林小姐你的生日是什麼時候？

　　B：哎呀、不知道啦！

⑧ 明天有考試。今天晚上山田趁早就寢。鈴木還在用功。

⑨ 正在下著雨，下午會停吧。

⑩ 大家請排成兩列。

⑪ 抱歉！請幫我取那本書。

⑫ 我因忘了帶原子筆，所以向同學借用。

⑬ 山田：好漂亮的花喔。是叫做什麼花呢？

　　張　：喔，這是木棉花。

　　山田：顏色好漂亮的花。

　　張　：整條道路一直到那邊都盛開著喔！

⑭ A：這個星期六不去看畫展嗎？

　　B：啊、對不起。這個星期六有點不方便。星期天怎麼樣？

⑮ 放春假去日本時，在飛機上遇到了鈴木先生（小姐）。

⑯ 最近、我的身體變壯了。

⑰ 畢業旅行要去哪裡還沒決定。

⑱ 下週、有同學會。會費是每人700元。

⑲ 這件毛線衣是在百貨公司的特賣會買的。

⑳ 客　：請問～，30分鐘前訂的披薩還沒好嗎？

　　店員：真是對不起。請稍候一下。

㉑ 家父每天帶著家母做的便當去上班。

㉒ 這棵樹下有長椅。我們在這兒休息一下吧！

㉓ 電車停下來了。因有地震。

㉔ 麻煩一下。幫我拿個醬油。

㉕ 有問題的人請舉手。

㉖ 他的父親在東京的市郊買了大房子。

㉗ 我喜歡一邊看書一邊喝咖啡。

㉘ 這家民宿的老闆是台灣人。

㉙ 陳　：明天我們開車去兜風怎麼樣？

　　山田：好啊。到哪邊去呢？

　　陳　：金山或是淡水怎麼樣？

　　山田：金山是個怎麼樣的地方？

　　陳：是個蠻不錯的地方，大海也很漂亮。

㉚ 台灣的冬天比日本的冬天暖和許多。

㉛ 請將洋蔥剝皮切成一半。

㉜ 陳：每天早上，6點起床，一邊看電視一邊悠閒地吃早餐。

　　林：吃什麼呢？

　　陳：有時吃粥有時吃麵包。然後吃一個蘋果。我每天都吃蘋果。

㉝ 每週三的晚上、和公司的同事們在體育館打羽毛球。

㉞ 這輛公車不到台北車站。

㉟ 我向山田先生說了謝謝。

㊱ 今天下午去的那家咖啡店幽靜又雅緻。

㊲ 請問，這個漢字怎麼唸？

㊳ 這個叫做臭豆腐。

この木の下にベンチがありますから、
ここでちょっと休みましょう。

練習11解答

1 を、も 　**2** が 　**3** ×、までに 　**4** ながら 　**5** も 　**6** は

7 ×、か 　**8** が、が、は 　**9** が 　**10** に 　**11** を 　**12** に

13 と、は、の、まで 　**14** を、が、は 　**15** に 　**16** が 　**17** は、か

18 が、× 　**19** は、で 　**20** ぐらい、× 　**21** が（の） 　**22** に、で

23 が、から 　**24** を 　**25** を 　**26** は、を 　**27** ながら、の 　**28** の

29 に、に、か、は、×、が 　**30** より 　**31** を、×

32 ながら、たり、は 　**33** と 　**34** は 　**35** と 　**36** ×、は

37 は、か 　**38** と

練習 12

次の問題の （ ） の中にひらがなを一つ入れなさい。必要でないと
きは×を入れなさい。

① あの人は何時に来る （ ） わかりません。

② 映画の切符 （ ） 二枚あります。今日 （ ） （ ） なんですが、いっ
しょに行きませんか。

③ 翔太君 （ ） お母さんに「サンタクロースは僕の家へも来ますか」
（ ） 聞きました。

④ A：夏休みの宿題 （ ） もう終わりましたか。

　 B：いいえ、まだです （ ） 、もうすぐ終わります。

⑤ A：山田さんはあのめがね （ ） かけている人ですか。

　 B：あれは佐藤さんです。山田さんはそのとなり （ ） 電話をしてい
　 　 ますよ。

　 A：あの電話し （ ） （ ） （ ） 笑っている人ですか。

⑥ A：失礼です （ ） 、どちら様でしょうか。

　 B：鈴木 （ ） 言いますが、田中さんはいますか。

⑦ 弟は黒い色 （ ） 服が好きです。

⑧ すみませんが、このプリントをホッチキス （ ） とめてください。

⑨ A：パーティーでは、だれ （ ） に会いましたか。

　 B：はい、山田さんと陳さん （ ） 会いました。

⑩ 久しぶりに山田さん （ ） 電話で話をしました。

⑪ 陳さんの家は応接間の壁 （ ） ゴッホ（Vincent van Gogh）の絵

（　　）かけてあります。

⑫ 図書館の中では大きい声（　　）話をしないでください。

⑬ Ａ：どうしてアルバイトをやめたんです（　　）。

　　Ｂ：疲れた（　　）（　　）です。

⑭ わたしは40分ぐらい歩いて、静かな公園（　　）着きました。

⑮ 手紙は英語（　　）書いてあります。

⑯ 祖父（　　）毎朝早く起きて、公園（　　）太極拳をしています。だから
　　とても健康です。

⑰ わたしはおととい（　　）ヘアーサロン（　　）髪を短く切りました。

⑱ インターネット（　　）コンサートのチケットを買いました。

⑲ 教師：試験をしますから、本とノートをかばんの中（　　）しまってく
　　　　ださい。

⑳ 山田：林さんの今いちばん（　　）欲しいものは何ですか。

　　林　：日本製の新しいデジタルカメラ（　　）ほしいです。

㉑ Ａ：これ（　　）どう使うのでしょうか。

　　Ｂ：説明書（　　）詳しく書いてあるでしょう。

㉒ Ａ：クーラー（　　）つけて、教室（　　）涼しくしましょう。

　　Ｂ：このクーラー（　　）壊れています。

　　Ａ：それじゃ、事務室の人（　　）言いましょう。

㉓ わたしの家族はぜんぶ（　　）16人。大家族です。

㉔ わたしは姉（　　）4人います。

㉕ 高校生の姉（　　）（　　）中学生の妹のほうが背（　　）高いです。

㉖ 冷蔵庫の中（　　）あったケーキを半分（　　）食べました。

㉗ 最近は忙しく（　）、趣味のテニスをする時間がありません。

㉘ 公園の隅で子犬（　）鳴いています。

㉙ A：わたし（　）来年、日本へ留学に行きたいです。

　　B：日本（　）何を勉強したいですか。

　　A：将来、ヘアスタイリスト（Hair stylist）（　）なりたんです。

㉚ 地球（　）一年に一回、太陽の周り（　）回っている。

㉛ 今朝、この先（　）交通事故がありました。

㉜ A：昼ご飯はいつもどこ（　）食べますか。

　　B：たいてい友だち（　）学食でおしゃべりし（　）（　）（　）食

　　　べます。

㉝ 故宮博物院はこの先（　）左側にあります。

㉞ 田中：林さん、すぐ出かけますか。

　　林　：いいえ。この時間は暑いですから、ご飯を食べ（　）、少し昼

　　　寝をして（　）（　）出かけます。

㉟ 「円高」ですから、日本へ留学に行く（　）どうか、まだ決めていま

　せん。

㊱ 何回も書い（　）漢字を覚えます。

㊲ 病気（　）なった時は病院へ行きます。

㊳ 台風で川の水（　）汚くなりました。

㊴ 宝物殿の中央（　）テーブルが置いてあります。

㊵ 風でドア（　）閉まりました。

1 問3：翔太君は「サンタクロースは僕の家へも来ますか」**と**聞きました。

「と」表示「表達所引用的内容」。此種情況只限於所引用的内容直接以引號「　」來表達時使用。

2 問13：A：**どうして**アルバイトをやめたんです**か**。

B：疲れた**から**です。

「どうして〜か」是問為什麼（どうして）的疑問句。回答時以「〜からです」來敘述「原因或理由」。

3 問14：静かな公園**に**着きました。

「に」表示「到達的地點」。動詞「〜へ行く」與「〜に行く」兩者幾乎無差別，但「〜に着く」時只能用「に」。

4 問15：手紙は英語**で**書いてあります。

「で」表示「手段，方法」。

5 問24：わたしは姉**が**4人います。

「が」表示「有無」的内容。

6 問28：公園の隅で子犬**が**鳴いています。

敘述眼前所看到的現象文時，自動詞之主語＋「が」。

85

練習12（中譯）

① 他幾點會來不清楚。

② 我有兩張電影票。今天到期，要不要一起去看？

③ 翔太問母親說「聖誕老人也會來我們家嗎？」。

④ A：暑假的習題都做完了嗎？

　　B：沒有、還沒、不過馬上就好了。

⑤ A：山田先生是那位戴眼鏡的那個人嗎？

　　B：那是佐藤先生。山田先生正在佐藤先生的旁邊打電話喔。

　　A：是那個一邊在打電話一邊在笑的那個人嗎？

⑥ A：不好意思，請問您是哪一位？

　　B：我叫鈴木，請問田中先生（小姐）在嗎？

⑦ 弟弟喜歡黑色的衣服。

⑧ 這份講義請用訂書機釘起來。

⑨ A：在舞會中你有遇到誰嗎？

　　B：有、我碰見了山田先生和陳小姐。

⑩ 跟山田先生（小姐）通了電話是許久以來的事了。

⑪ 陳先生（小姐）家裡的會客室的牆壁上掛著梵谷的畫。

⑫ 請不要在圖書館內大聲說話。

⑬ A：為什麼辭掉了打工呢？

　　B：因為疲憊不堪。

⑭ 我走了40分鐘，抵達了寧靜的公園。

⑮ 信是用英語書寫的。

⑯ 我的祖父每天早上早起在公園打太極拳。因此非常健康。

⑰ 我前天在髮廊剪了短頭髮。

⑱ 我在網路上買了演唱會的門票。

⑲ 因要考試，請把課本和筆記本收到包包裏面。

⑳ 山田：林先生（小姐）目前你最想要的東西是什麼？

林：我想要日本製的最新型數位照相機。

㉑ A：這個怎麼用？

B：說明書上有詳細記載吧！

㉒ A：開冷氣把教室涼一下。

B：這個教室的冷氣機壞了。

A：那麼，跟事務人員反應吧。

㉓ 我的家庭一共有16人。是個大家庭。

㉔ 我有4位姐姐。

㉕ 國中生的妹妹比高中生的姊姊個子高。

㉖ 我吃掉了一半放在冰箱裡的蛋糕。

㉗ 最近太忙，所以沒時間打我喜歡的網球。

㉘ 在公園的角落有小狗在哀鳴。

㉙ A：我想明年去日本留學。

B：你想在日本學什麼呢？

A：將來，我想成為髮型設計師。

㉚ 地球一年一次繞著太陽一周。

㉛ 今天早上，在這前方發生了車禍。

㉜ A：你中飯都在哪裡吃？

B：大都和同學在學校的餐廳一邊聊天一邊吃。

㉝ 故宮博物院在這前方的左邊。

㉞ 田中：林先生、你馬上外出嗎？

林 ：不。現在這個時候因很熱，所以先吃飯，然後稍微睡個午覺再出門。

㉟ 因為「日幣升值」、是否去日本留學還沒決定。

㊱ 我寫了好幾次漢字以便將它記憶下來。

㊲ 生了病的時候去醫院。

㊳ 因颱風來襲所以河裡的水都變髒了。

㊴ 在寶物殿的中央放有一張桌子。

㊵ 因風的關係門自動關上了。

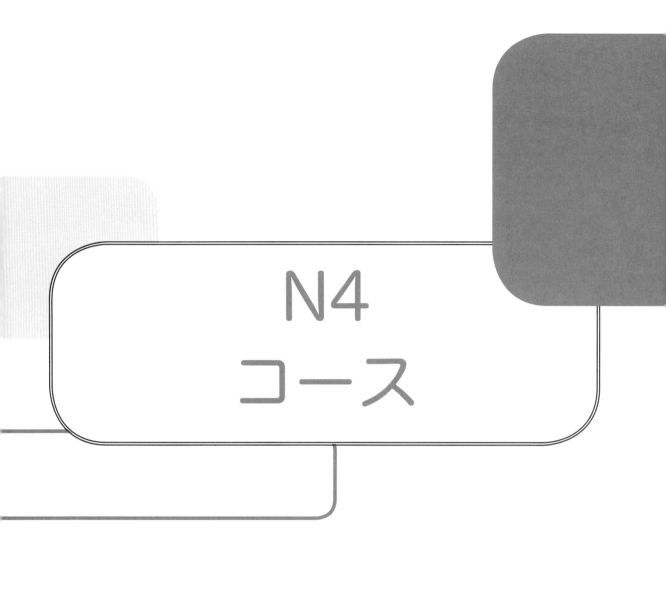

N4
コース

練 習 1

次の問題の （ ） の中にひらがなを一つ入れなさい。必要でないときは×を入れなさい。

① 林：昨日からあそこに置いてある（　）かばんはだれ（　）ですか。

　　陳：さあ、わかりません。

　　林：それじゃ、事務室（　）届けておきましょう。

② 陳：林さんはスキー（　）したことがありますか。

　　林：ええ。海外で二度（　）（　）（　）。

　　陳：どこ（　）滑ったんですか。

　　林：一回目（　）北海道で、二回目は韓国（　）スキー場です。

③ わたし（　）辛いものが好きなんですが、胃腸（　）悪いので、あまり食べられない。

④ A：今晩、僕は会食に行く（　）（　）（　）、君はどうする？

　　B：残業（　）あるから、欠席するよ。

⑤ 彼は英語（　）できるが、日本語（　）できない。

⑥ 父は難しい日本語の雑誌（　）読めます。

⑦ A：あの、すみません。陽明山へ行く（　）バスは何番ですか。

　　B：ちょっとわからないですね。他の人（　）聞いてみてください。

⑧ わたしはアルバイトをし（　）、新しいタイプ（　）自転車を買うつもりです。

⑨ わたしは今年の６月に大学（　）卒業する予定です。

⑩ 今日は朝（　）（　）めまいがして、どうも調子（　）悪い。

⑪ 鈴木：陳さんのお父さんは何（　）していらっしゃるんですか。

　　 陳　：台北市内（　）あるホテル（　）勤めています。

⑫ A：今9時半です（　）、10時の新幹線（　）間に合うでしょうか。

　　 B：そうですね。じゃ、東京駅（　）（　）タクシー（　）行きましょうか。

⑬ 祖母は目（　）悪くて、バスの番号（　）よく見えないことがあるようです。

⑭ 看護士：山田さん、お薬は3種類です。こちらの黄色（　）オレンジ色のお薬は朝と晩に一錠（　）（　）食後に飲んでください。こちらの白い（　）は一錠お休みの前に飲んでください。

　　 患　者：わかりました。ありがとうございました。

⑮ 東京は便利ですが、物価（　）高くて、住みにくいです。

⑯ 理恵ちゃんが二歳（　）なりました。お母さん（　）大好きなキティーちゃんの人形（　）もらって、うれしそうです。

⑰ 電車のドア（　）閉まりますから、ご注意ください。

⑱ A：仕事（　）日本語を使うことがありますか。

　　 B：いいえ。うちの会社はアメリカ（　）会社ですから、よく英語を使います。

⑲ 日本語で電話する（　）はまだ難しいです。

⑳ この提案について賛成です（　）、反対ですか。またその理由（　）一言書いてください。

1 問2：海外で二度**ばかり**スキーをしたことがあります。

「ばかり」表示「大概的數量」，「次數的程度」的意思。

2 問4：今晩、僕**は**会食に行くけれど、君**は**どうする？

「は」是表示「兩件事物」。具有前項和後項表示相反的動作或狀態，兩者在意義上形成對比的意思。

3 問6：父は難しい日本語の雑誌**が**読めます。

因為「読めます」是可能動詞，所以用「が」表示「動作」，「行為」或「能力」可以執行的對象。

4 問10：どうも調子**が**悪い。

敘述身體各部位、各器官的狀況時用「が」。因為「調子」是身體上之一部份，同器官的用法。

5 問11：ホテル**に**勤めています。

「勤めている」表示「以當為某團體的一員而在工作」的意思。「に」表示所屬的團體。

6 問18：仕事**で**日本語を使う。

「で」表示「手段」，「工具」。

7 問19：日本語で電話する**の**はまだ難しいです。

用動詞句或形容詞句（日本語で電話する）充當主題時加「の」，成為形式名詞，表示「日本語で電話する」這件事。

N4コース

練習1（中譯）

① 林：從昨天就一直放在那邊的包包是誰的呢？

　　陳：哦～、我不知道。

　　林：那麼，就送到辦公室去吧。

② 陳：林先生、你有滑過雪嗎？

　　林：有的。在海外有滑過兩次。

　　陳：在哪個地方滑的呢？

　　林：第一次是在北海道，第二次是在韓國的滑雪場。

③ 我雖然喜歡吃辣，但腸胃不好不太能吃。

④ A：今晚、我要去參加宴會，你打算怎麼辦？

　　B：因要加班，所以我會缺席。

⑤ 他會英語但不會日語。

⑥ 家父看得懂艱難的日語雜誌。

⑦ A：請問，去陽明山的巴士是幾號？

　　B：我不清楚耶。請你問問其他的人。

⑧ 我要去工讀打算買一台新的腳踏車。

⑨ 今年的 6 月我將從大學畢業。

⑩ 今天從早上開始頭暈，身體狀況不好。

⑪ 鈴木：請問陳先生的令尊從事什麼工作？。

　　陳：在台北市內的某個飯店工作。

⑫ A：現在是 9 點30分，趕得上10點的新幹線嗎？

　　B：嗯～。那麼，就坐計程車到東京車站吧。

⑬ 我的祖母眼睛不好，似乎看不清公車的號碼。

⑭ 護士：山田先生、有 3 種藥。這邊的黃色和橘色的藥請在早上和晚上飯後各吃一顆。另外這邊
　　　　的白色的請在睡覺前吃一顆。

　　患者：我明白了。謝謝。

⑮ 東京是蠻方便的，但物價高，生活不易。

⑯ 理惠已經兩歲了。拿到了母親給的最喜歡的Kitty娃娃顯得一臉非常高興的樣子。

⑰ 電車的門要關了，請注意。

⑱ A：在工作上有用到日語嗎？

　　B：沒有。我們公司是美國的公司，所以常用英語。

⑲ 用日語打電話還很難。

⑳ 對於這個提案是贊成還是反對呢？另外，請寫下簡單的理由。

....
練習1解答

1 ×、の、に　　**2** を、ばかり、で、は、の　　**3** は、が
4 けれど、が　　**5** は、は　　**6** が　　**7** ×、に　　**8** て（×）、の
9 を　　**10** から、が　　**11** を、に、に　　**12** が、に、まで、で
13 が、が　　**14** と、ずつ、の　　**15** が　　**16** に、に、を　　**17** が
18 で、の　　**19** の　　**20** か、を
....

練習　2

次の問題の（　）の中にひらがなを一つ入れなさい。必要でないときは×を入れなさい。

① 夫：これから帰るけれど、何（　）買って帰るものある？

　　妻：今晩（　）すき焼きよ。もう用意してあるから、何（　）いらないわ。

② Ａ：明日どこ（　）待ち合わせをしましょうか。

　　Ｂ：ABCホテルのロビー（　）しませんか。

　　Ａ：そのホテル（　）どこにあるんですか。

　　Ｂ：中華路（　）中正路の交差点にあります。行け（　）すぐにわかりますよ。

③ 明日も試験がある（　）どうか、先生（　）聞いてみましょう。

④ 今日は寒いから、何（　）温かい料理（　）（　）作ろう。

⑤ この薬を飲む（　）、眠くなりますから、運転するときは飲まないでください。

⑥ Ａ：もしもし、あの山田さん（　）お宅でしょうか。

　　Ｂ：いいえ。何番（　）おかけですか。

⑦ 卒業したら、高校の先生になりたい（　）思っています。

⑧ 台北は曇っています（　）、そう寒くはないです。

⑨ Ａ：この部屋、けっこういいじゃないですか。どうして（　）引越しをするんですか。

　　Ｂ：大家さん（　）売りに出したいんだそうです。

⑩ 山（　）下りるときは、ひざ（　）注意したほうがいいですよ。

⑪ 今日は天気がいい（　）（　）、自転車で学校へ行きます。

⑫ 弟は交換留学生として、一年間日本へ行けること（　）なって、喜んでいます。

⑬ 多くの親（　）子どもに勉強（　）させる。

⑭ 道（　）渡るときは、左右をよく見て（　）（　）渡りましょう。

⑮ このステーキは安いが、かたく（　）、食べにくいです。

⑯ この文章（　）何が言いたいの（　）、どうも分かりにくい。

⑰ 日本には、夏はお中元、冬はお歳暮（　）贈る習慣があります。

⑱ お中元やお歳暮は、昔は自分（　）持って行ったが、最近はデパートからや宅配便（　）送っている人が多い。

⑲ あの赤い（　）ワンピースを着て、白（　）靴をはいている人はどなたですか。

⑳ あのレストランは値段（　）高く、味（　）悪い。

㉑ あの人は世界のジョーク（　）研究しています。

㉒ わたしの家族（　）みんなさかなが好きですから、さかな料理なら何（　）（　）食べます。

㉓ ヨーロッパを旅行する（　）は、いつ（　）いちばんいいですか。

㉔ ここは静かだから、波の音（　）よく聞こえる。

練習2（要點解說）

1 問2：どこ**で**待ち合わせをしましょうか。

「で」表示「動態動作發生之場所」。

2 問2：ABCホテルのロビー**に**しませんか。

「〜にする」表示「決定」，「決心」。

3 問2：行け**ば**すぐにわかります。

「〜ば」表示「如果〜」，「假設〜」的意思。

4 問3：明日も試験がある**かどうか**〜。

「〜かどうか」表示「未確知的正反兩面的內容」。

5 問4：今日は寒いから、何か温かい料理**でも**作ろう。

「でも」表示「從同類事物之中列舉出一個例子」，有「〜之類」的意思。

6 問5：この薬を飲む**と**〜。

「と」表示「自然的、必然的因果關係」，有「一〜就〜」的意思。

7 問7：卒業したら、高校の先生になりたい**と**思っています。

「と」表示「引述說話內容」。

8 問10：山**を**下りるときは、〜。

「を」表示「動作的移動所經過或通過之地點」。

9 問13：多くの親は子ども**に**勉強をさせる。

「に」表示「使役（讓、叫、使、令等意思）的對象」。

10 問22：さかな料理なら何**でも**食べます。

「何」＋「でも」，接於疑問詞（何、誰、どこ、いつ、どれ…等）之後表示「全面肯定」。

11 問24：波の音<ruby>波<rt>なみ</rt></ruby>の<ruby>音<rt>おと</rt></ruby>**が**よく<ruby>聞<rt>き</rt></ruby>こえます。

因為「<ruby>聞<rt>き</rt></ruby>こえる」是可能動詞，所以用「が」表示「能力的内容」。有「聽得見～」的意思。

練習2（中譯）

1 夫：我現在就要回家，要買點什麼回去嗎？

妻：晚飯是日式火鍋。已經準備好了，所以不必買。

2 A：明天在哪邊等候？

B：就在ABC飯店的大廳怎麼樣？

A：ABC飯店在哪裡？

B：就在中華路和中正路的交叉口。去了就馬上知道的。

3 明天是否也有考試，就跟老師問問看吧！

4 今天天氣寒冷，就做點可暖身的料理吧！

5 吃了這個藥會想睡覺，所以要開車時請勿服用。

6 A：喂喂！請問是山田先生（小姐）的家嗎？

B：不是，你打幾號？

7 畢業以後打算當高中的老師。

8 台北雖然是陰天，但並不寒冷。

9 A：這個房間還蠻不錯的嘛。為什麼要搬家呢？

B：聽說房東要出賣的樣子。

10 下山的時候，要小心膝蓋。

11 今天天氣很好，所以騎腳踏車上學。

12 弟弟能夠以交換留學生的身分到日本一年，所以他很高興。

13 多數的父母都要小孩念書。

14 過馬路時，要看好左右再通過。

15 這份牛排雖然便宜，但又硬又難吃。

16 這篇文章想表達什麼怎麼也搞不懂。

17 日本夏天在中元節，冬天在歲末有送禮的習慣。

18 以前中元或歲末禮品等都會親自送上，但近來利用百貨公司或宅配配送的人很多。

19 那位穿著紅色洋裝白色鞋子的人是誰呢？

⑳ 那家餐廳又貴又不好吃。

㉑ 他在研究世界的笑話。

㉒ 我們家一家子都喜歡吃魚，只要是魚做的料理什麼都喜歡。

㉓ 什麼時候最適合去歐洲旅行呢？

㉔ 在這邊因很安靜，所以可以聽到海浪聲。

わたしの家族はみんなさかなが好きですから、さかな料理なら何でも食べます。

練習　3

次の問題の（　）の中にひらがなを一つ入れなさい。必要でないときは×を入れなさい。

① 客　：あのう、これの赤で23.5センチ（　）ありませんか。

　店員：赤（　）23.5ですか。少々お待ちください。

② 日本の家では、玄関（　）靴を脱がなければならない。

③ あの人はお金がある（　）（　）、いつも節約（　）（　）（　）しています。

④ 佐藤：台北から高雄まで、高速鉄道（　）どのぐらいかかりますか。

　王　：そうですね。1時間半（　）行けるでしょう。

⑤ わたしは大学生のとき、塾で小学生（　）英語を教えていました。

⑥ 何か月（　）雨が降らない（　）、水不足になってしまう。

⑦ オリンピック（　）今日で終わり、再来週からパラリンピック（　）始まります。

⑧ 紹興酒は何（　）（　）作るんですか。

⑨ かぜ（　）流行っていますから、外出するときは、マスク（　）したほうがいいですよ。

⑩ 人間（　）どうしても楽な生活（　）したがる。

⑪ 要らない本や雑誌（　）どんどん整理して、部屋をきれに片づけよう。

⑫ 山下さんには何年（　）会っていなかったような気（　）します。

⑬ 人はみんな法律（　）守らなければなりません。

⑭ ニュースによれば、最近は自転車（　）通勤している人（　）増えているそうです。

⑮ ケーキは小麦粉（　）バター（　）牛乳などで作ります。

⑯ うちの会社（　）来月から社長（　）変わります。

⑰ ここは以前は雑木林でしたが、木（　）切って、ゴルフ場（　）したんです。

⑱ 林：今晩は月（　）きれいですね。

　　陳：ええ。来週は中秋節です（　）（　）ね。

⑲ 陳　：鈴木さん、今日は顔色（　）少し悪いですね。どうしましたか。

　　鈴木：昨日から食欲がなく（　）。それに寒気（　）するんです。

⑳ 睡眠（　）十分に取ったので、かぜ（　）治りました。

㉑ 私はお酒を飲む（　）、すぐ顔が赤くなります。しかし、あの人はお酒を飲ん（　）（　）、顔が赤くなりません。

㉒ ヨーロッパで火山（　）爆発して、多くの飛行機（　）欠航した。

㉓ わたし（　）数年前にインドの観光地（　）大きい象に乗ったことがあります。

㉔ だいぶ寒く（　）なってきました。そろそろコート（　）出しましょう。

㉕ 教師：答案用紙（　）出した人（　）帰ってもいいです。

㉖ 陳さんは語学（　）得意で、英語でも日本語（　）（　）手紙が書けます。

㉗ 鈴木：富士山の頂上（　）郵便局があるから、台湾に手紙（　）出せ

ますよ。

陳　：えっ？郵便局が？

鈴木：ええ。富士山のスタンプ（　）押して、出したらいかがです

　　　か。

陳：それはうれしいですね。

㉘ 小説『金閣寺』はだれ（　）書いたか知っていますか。

㉙ 明日の朝は集合場所が公園前（　）（　）大山駅前に変更になりまし

たので、間違えないようにしてください。

㉚ 先生、すみませんが、ちょっと作文（　）直していただけますか。

1 問３：あの人はお金がある**のに**〜。

「のに」表示「逆態」，含有「失望、不滿、困擾、遺憾」等意思。

2 問３：いつも節約<ruby>節約<rt>せつやく</rt></ruby>**ばかり**〜。

「名詞＋ばかり」表示「光是、全是、僅是」的意思。

3 問４：<ruby>台北<rt>タイペイ</rt></ruby>から<ruby>高雄<rt>たかお</rt></ruby>まで、１<ruby>時間半<rt>じかんはん</rt></ruby>**で**<ruby>行<rt>い</rt></ruby>けるでしょう。

「で」表示花費時間的「範圍，限度」。

4 問８：<ruby>紹興酒<rt>しょうこうしゅ</rt></ruby>は<ruby>何<rt>なに</rt></ruby>**から**<ruby>作<rt>つく</rt></ruby>るんですか。

「から」表示製造的材料或原料。

5 問12：〜には<ruby>何年<rt>なんねん</rt></ruby>も<ruby>会<rt>あ</rt></ruby>っていなかったような**<ruby>気<rt>き</rt></ruby>がする**。

「気がする」表示「感到」或「覺得」的意思。

例1：<ruby>危<rt>あぶ</rt></ruby>ない<ruby>気<rt>き</rt></ruby>がする（感到危險）。

例2：<ruby>食<rt>た</rt></ruby>べる<ruby>気<rt>き</rt></ruby>がしない（不覺得想吃）。

6 問19：**<ruby>寒気<rt>さむけ</rt></ruby>がする**

「寒気がする」是平常都很正常，但在無意中感到寒冷。

例：<ruby>熱<rt>ねつ</rt></ruby>もないのに<ruby>寒気<rt>さむけ</rt></ruby>がする（沒發燒但感覺會畏寒）。

7 問21：あの<ruby>人<rt>ひと</rt></ruby>はお<ruby>酒<rt>さけ</rt></ruby>を<ruby>飲<rt>の</rt></ruby>ん**でも**、<ruby>顔<rt>かお</rt></ruby>が<ruby>赤<rt>あか</rt></ruby>くなりません。

「連用形」＋「ても（でも）」表示「逆態的條件」，後項所述之事態

與前項所述之條件不一致或相違背。

8 問28：<ruby>小説<rt>しょうせつ</rt></ruby>『<ruby>金閣寺<rt>きんかくじ</rt></ruby>』はだれ**が**<ruby>書<rt>か</rt></ruby>いたか<ruby>知<rt>し</rt></ruby>っていますか。

「疑問詞（だれ）＋が〜」。疑問詞當主語時用「が」。

N4コース

練習3（中譯）

① 客人：請問，這雙鞋有紅色的23.5公分的嗎？

　　店員：紅色23.5的嗎？請稍候。

② 日本人的家，必須在玄關脫鞋子。

③ 那個人明明很有錢卻總是很節儉。

④ 佐藤：從台北到高雄，坐高鐵要花多少時間？

　　王　：哦～，一個半小時就可以到達吧。

⑤ 當我是大學生時，在補習班教小學生英語。

⑥ 如果有好幾個月不下雨，將會導致缺水。

⑦ 奧運今天就結束，而從下下週起聽障奧運即將開始。

⑧ 紹興酒是用什麼做的呢？

⑨ 因流感正流行，外出時最好戴口罩喔。

⑩ 人總是想過舒適的生活。

⑪ 將不要的書和雜誌陸續處哩，把房間收拾乾淨。

⑫ 我覺得已有好幾年沒和山下先生（小姐）見面。

⑬ 人人必須遵守法律。

⑭ 據新聞報導，聽說最近用腳踏車通勤的人正在增加中。

⑮ 餅乾是用麵粉奶油和牛奶等做的。

⑯ 我們公司從下個月開始將更換總經理。

⑰ 這裡原本是草叢和雜林，但樹木都被砍掉而整理成高爾夫球場。

⑱ 林：今晚月亮好漂亮呀！

　　陳：是啊。因為下禮拜就是中秋節了嘛。

⑲ 陳　：鈴木先生今天臉色有點蒼白。是怎麼了？

　　鈴木：從昨天開始就沒有食慾。而且還會畏寒。

⑳ 因充分睡足了，所以感冒已經痊癒了。

㉑ 我一喝酒馬上臉就紅。但是他喝了臉也不紅。

㉒ 在歐洲有火山爆發，所以許多班機停飛了。

㉓ 我曾經在數年前在印度的觀光景點騎過大象。

㉔ 天氣已轉寒冷了。該把外套拿出來了。

㉕ 教師：交出答案卷的人可以回去了。

㉖ 陳先生（小姐）擅長外語，可以用英語也可以用日語寫信。

㉗ 鈴木：富士山的山頂有郵局，可以寄信到台灣喔。

　　 陳　：咦？郵局？

　　 鈴木：是的，蓋個富士山的郵戳寄封信怎麼樣？

　　 陳　：那可令人雀躍不已囉！

㉘ 你知道寫了『金閣寺』這本小說的是誰嗎？

㉙ 明天早上集合的地點已經從公園前改成大山車站前，所以請不要搞錯。

㉚ 老師，不好意思，能不能請您幫我批改一下作文呢？

N4コース

練習　4

次の問題の（　）の中にひらがなを一つ入れなさい。必要でないときは×を入れなさい。

1. 冷蔵庫のドアを開ける（　）、電気がつく（　）はなぜだろう。

2. わたしは今年の夏にヨーロッパへ遊び（　）行くつもりです。

3. 父は定年退職したら、船（　）世界を一周（　）したいと言っている。

4. 電動自転車は便利だ（　）、環境（　）も優しいです。

5. 最近は結婚しない人（　）増えています。

6. 林：陳さんは日本語で電話（　）かけられますか。

   陳：簡単な会話ならできますが、電話（　）まだかけられません。

7. 山田：張さんは日本（　）ゴルフをしたことがありますか。

   張　：いいえ、一度（　）。でも。アメリカでは何度（　）あります。

8. この山道（　）くだって行けば、今晩泊まる旅館の前（　）出ます。

9. A：うれしそうですね。何（　）いいこと（　）（　）あったんですか。

   B：ええ。第一希望（　）大学（　）合格したんです。

10. みなさん、どうぞお先（　）。わたしは図書館に本（　）返してから行きますので。

11. あの人はクロール（　）1000メートル以上泳げます。

12. 秋はスポーツをする（　）（　）、いい季節です。

⑬ ダイエット（　）成功して、この洋服（　）また着られるようになりました。

⑭ わたしは旅行代理店（　）おもに団体ツアーの企画（　）関する（　）仕事をしています。

⑮ このつまみ（　）右に回すと、音（　）大きくなります。

⑯ 彼はたった1か月（　）卒業論文（　）書き上げてしまった。

⑰ 陳　：佐藤さんの家の玄関（　）（　）、いつもきれいな花（　）生けてありますね。

　　佐藤：ええ。母（　）家で生け花を教えているんです。

⑱ 彼は誰と（　）（　）話ができるので、友達（　）多いです。

⑲ プラスチックの原料（　）石油です。

⑳ 運動会は雨（　）（　）降らなければ、少しぐらい天気が悪くても行います。

㉑ この道を少し行く（　）、左側に新しくできたデパートがあります。

㉒ 父（　）家族のために、毎日、深夜（　）（　）働いています。

㉓ 今日は春のようにあたたかいですが、明日（　）（　）また寒くなるそうです。

㉔ 睡眠時間はどうしても仕事の関係（　）、日によって4時間だっ（　）（　）、7時間だっ（　）（　）です。

㉕ 「金（　）出せ」とコンビニ（　）強盗が入った。

㉖ 田中：あのう、鈴木さんは台湾（　）どちらへ旅行にいらっしゃるんですか。

　　鈴木：3日間だけですから、台北（　）墾丁の二か所（　）予定して

N4コース

います。

27 陳：パソコン（　）壊れてしまって、宿題のレポート（　）まだ書け

ないんです。

林：それ（　）困りましたね。わたしの家へ来ませんか。

陳：ありがとう。でも、学校（　）を借りて書きます。

28 天気予報では、今日は大雨が降る（　）言っていたが、朝（　）

（　）よく晴れているではない（　）。

29 先生、デザート（　）もう少し召し上がりませんか。

30 お金（　）入れて、ボタン（　）押してください。すると、切符

（　）出ます。

練習4（要點解說）

1 問4：電動自転車は便利だ**し**、〜。

「し」表示「並列、添加」。

2 問8：この道**を**くだって行けば、〜。

「を」表示「動作的移動所經過或通過之地點」。

3 問14：**〜に関する**仕事をしています。

「〜に関する」表示「有關〜」，「關於〜」，「就〜」的意思。

　例：今日、学校で「食と健康」に関する講演会があった（今天，在學

　　　校舉行了有關「吃與健康」的演講）。

4 問20：運動会は雨**さえ**降らなければ、少しぐらい天気が悪くても行い

　　　ます。

「〜さえ〜すれば」表示「只要具有該項條件，後項即可成立之條件限

定或強調」。有「只要〜就〜」的意思。

5 問28：天気予報では雨が降る**と**言っていたが、〜。

「と」表示「引述説話内容」。

6 問28：雨が降ると言っていたが、よく晴れているではない**か**。

「か」表示反問的疑問詞。

練習4（中譯）

① 為什麼冰箱的門一開，裡面的燈就會亮？

② 今年的夏天我打算到歐洲旅遊。

③ 家父說退休後想要坐船環遊世界一周。

④ 電動腳踏車很方便，而且環保。

⑤ 最近不結婚的人增多了。

⑥ 林：陳先生能用日語打電話嗎？

陳：簡單的會話沒問題，但還沒法打電話。

⑦ 山田：張先生您在日本打過高爾夫球嗎？張　：沒有，一次也沒打過。不過，我在美國打了
好幾次。

⑧ 沿著這條山路往下走，就可以到達今晚住宿旅館的前面。

⑨ A：你好像很開心耶，有什麼好事嗎？

B：是的，我考上第一志願的大學了！

⑩ 請大家先去。我去圖書館還書以後再去。

⑪ 他能用自由式游1000公尺以上。

⑫ 秋天是適合運動的季節。

⑬ 我減肥成功，又能再次穿下這件衣服了。

⑭ 我在旅行社主要是做有關旅遊團的企劃工作。

⑮ 將這個旋鈕往右轉，音量就會變大。

⑯ 他只花了一個月的時間就寫完畢業論文。

⑰ 陳　：佐藤小姐的家，在玄關總是插著漂亮的花。

佐藤：是的。這是因家母在家裡教插花。

⑱ 他和誰都談得來，所以朋友很多。

⑲ 塑膠的原料是石油。

⑳ 只要不下雨，就算天候狀況有點差，仍會舉行運動會。

㉑ 順著這條路再略往前走，左邊有一家新開的百貨公司。

㉒ 家父為了我們這個家，每天工作到深夜。

㉓ 今天好像是春天般地暖和，但聽說從明天起又要轉冷。

㉔ 睡眠時間因工作上的關係，無論如何都得隨著日子而有所變動，或是4小時，或是7小時的。

㉕ 強盜進入便利商店說「拿出錢來！」。

㉖ 田中：請問、鈴木先生您要到台灣哪個地方去旅遊？

　　鈴木：因只有3天，所以預定是台北和墾丁兩個地方。

㉗ 林：電腦壞了，還沒辦法打習題的報告。

　　陳：那真是傷腦筋耶。要不要來我家呢？

　　林：謝謝。但我還是借學校的電腦寫就好了。

㉘ 根據氣象報告說今天會下大雨，但從一早開始不就是大晴天嗎？

㉙ 老師，要不要再來些甜點呢？

㉚ 請放入錢幣再按按鈕。這樣，車票就會出來。

練習4解答

❶ と、の　❷ に　❸ で、×　❹ し、に　❺ が　❻ が、は

❼ で、も、も　❽ を、に　❾ か、でも、の、に　❿ に、を

⓫ で　⓬ のに　⓭ に、が　⓮ で、に、×　⓯ を、が

⓰ で、を　⓱ には、が、が　⓲ でも、が　⓳ は　⓴ さえ

㉑ と　㉒ は、まで　㉓ から　㉔ で、たり、たり　㉕ を、に

㉖ の、と、を　㉗ が、が、は、の　㉘ と、から、か　㉙ を

㉚ を、を、が

練習　5

次の問題の（　）の中にひらがなを一つ入れなさい。必要でないときは×を入れなさい。

① 日本語（　）上手になるように、毎日、一生懸命に勉強しています。

② 山田：陳さんの結婚祝いは何（　）いいでしょうか。

　林　：そうですね。みんな（　）お金を出し合って、金のネックレス

　　　　なん（　）どうですか。

③ 林：陳さんは大学（　）卒業したら、どうするつもりですか。

　陳：今のところアメリカ（　）大学院に進もうと考えています。

④ 鈴木さんは去年入院して（　）（　）、揚げ物はあまり食べないこと

　（　）したんだそうです。

⑤ わたしの専攻（　）歴史で、いま大学院で唐代初期（　）政治につい

　ての論文を書いています。

⑥ 今日から、毎晩遅くても、12時（　）（　）（　）寝ることにしまし

　た。

⑦ 芝生（　）入らないでください。

⑧ 教室の外がうるさく（　）、先生の声（　）よく聞こえません。

⑨ 今年の夏には日本語能力試験のN4（　）受けるつもりでいる。

⑩ 王：林さん、陳さん（　）今日何時ごろ来るでしょうか。何（　）言

　　　っていました？

　林：さあ、何（　）聞いていませんが。いつもは時間通り来る（　）

　　　（　）、今日はずいぶんと遅いですね。どうしたんでしょう。

⑪ 林：どうかしたんです（　）。疲れた（　）顔をして。

　　陳：毎日、残業（　）疲れちゃった。

⑫ わたしの部屋は物（　）多すぎて、どうにもなりません。

⑬ だれもそのこと（　）わたし（　）教えてくれませんでした。

⑭ かぜの予防（　）毎日、こまめにうがい（　）することです。

⑮ 以前この辺り（　）とてもうるさかったんですが、地下工事（　）

　　完成してから、静かになりました。

⑯ 最近、日本語の新聞（　）少し読めるようになりました。

⑰ 私は大学を卒業する（　）（　）6年かかりました。

⑱ 今日はあなたに会え（　）ほんとうによかったです。

⑲ 特別な健康法（　）ありませんが、強いて言うなら、サイクリングで

　　しょうか。

⑳ この建物は30年（　）（　）前に建てられました。

㉑ 斉藤：このスープ（　）おいしいですね。何（　）だしを取ったんで

　　　　すか。

　　林　：こんぶ（　）かつお節です。

㉒ 秘書：部長、アジア貿易の山田さま（　）お見えになりました。

　　部長：あ、それでは会議室（　）お通しして。

㉓ Ａ：今日は10度だと言う（　）（　）、あの人はずいぶん薄着です

　　　ね。

　　Ｂ：あの人は体（　）じょうぶだから、寒くないんでしょう。

㉔ 子供：だれかぼく（　）コンピュータ、いじった？

　　母親：ごめん。お母さん（　）さっき（　）使ったんだけど。

子供：使っ（　）（　）いいけど、ADSLは切らないでね。

㉕ 雨は夜（　）なってあがったが、また明け方（　）（　）降ってきた。

㉖ 一生懸命勉強した（　）（　）、中間試験でいい点数が取れませんでした。

㉗ この町にはスーパーどころか、コンビニ（　）（　）ない。

㉘ こちら（　）生ものでございますので、なるべく（　）お早めにお召し上がりください。

㉙ この海岸はときどき波（　）荒くなりますので、泳がないでください。

㉚ 陳さん（　）けんかをしたそうですね。原因は何ですか。

㉛ Ａ：すみません（　）、ラー油（　）取っていただけませんか。
　 Ｂ：ラー油（　）？　はい、どうぞ。

㉜ 陳　：田中さん、ブラウス（　）ボタン（　）取れそうですよ。
　 田中：ありがとう。ぜんぜん気（　）つかなかった。

116

1 問5：唐代初期の政治**について**論文を書いている。

「〜について〜」表示「就〜」，「針對〜」，「有關於〜」的意思。

2 問6：今日から、毎晩遅くても、12時**までに**寝ることにしました。

「までに」表示「動作，事情等結束的時間，場所」。有「最遲到某個

時候必須作好某動作」的意思。

3 問27：この町にはスーパー**どころか**コンビニさえない。

「〜どころか」表示「別說〜」，「就連〜也〜」的意思，有「舉出某

例，然後加以否定並強調其内容」的意思。

4 問30：陳さん**と**けんかしたそうですね。

雙方面之對象用「と」，單方面之對象用「に」。

 ◎ メモ

練習5（中譯）

1. 為了日文進步，我每天努力學習。

2. 山田：陳先生的結婚賀禮要送什麼比較好呢？

   林　：這個嘛。大家共同出點錢，送條金項鍊之類的怎麼樣？

3. 林：小陳，你大學畢業之後，打算做什麼呢？

   陳：目前我打算到美國的研究所繼續學習。

4. 鈴木先生（小姐）自去年住過院以後、就不太吃炸的東西。

5. 我的專攻是歷史，目前就讀研究所，正在寫有關唐代初期政治的論文。

6. 從今天起我決定每晚12點前睡覺。

7. 請勿進入草坪。

8. 教室外面很吵，聽不到老師的聲音

9. 今年我打算報考N4的日語能力測驗。

10. 王：林先生，陳先生今天幾點會來呢？他有說了什麼嗎？

    林：我不知道，沒聽他說什麼。他平時總會準時上班，今天蠻晚的。到底發生了什麼事呢？

11. 林：你怎麼了？一臉倦容。

    陳：每天都加班，累死了。

12. 我的房間東西太多，真是沒辦法。

13. 誰也沒有告訴我這樣的一件事。

14. 預防感冒要每天勤勞地漱口。

15. 以前這附近很吵，完成鐵路地下化以後就安靜了。

16. 最近已看得懂日文報紙了。

17. 我大學畢業花了6年。

18. 能跟您見面真是太好了。

19. 沒有什麼特別的保健方法、真的要講的話，大概就是騎腳踏車郊遊吧。

20. 這棟建築物約在三十年前建造的。

21. 齊藤：這道湯真好喝。是用什麼熬的呢？

林：是用昆布和柴魚片。

22 秘書：部長，亞洲貿易的山田先生來訪。

部長：啊，那麼請接待他到會議室。

23 A：今天只有10度，他卻穿那麼少。

B：他身體強壯，所以應該不冷吧。

24 小孩：誰動了我的電腦？

母親：對不起啦！是媽媽剛剛上網用到。

小孩：用也沒關係，可是不要把ADSL關掉。

25 雨在入夜後停了，但在清晨時又下了起來。

26 我拼命地看了書，期中考卻拿不到好成績。

27 這個城鎮不止是超市，連便利商店都沒有。

28 這是生鮮食品，所以請儘早食用。

29 這個海岸常有洶湧浪濤，請勿游泳。

30 聽說你跟小陳吵架了。是為了什麼呢？

31 A：不好意思，可以幫我拿一下辣油嗎？

B：辣油嗎？請用。

32 陳：林小姐、襯衫的鈕扣似乎要脫落了。

林：謝謝。我一點也沒注意到。

練習5解答

1 が　**2** が、で、か　**3** を、の　**4** から、に　**5** は、の
6 までに　**7** に　**8** て、が　**9** を　**10** は、か、も、のに
11 か、×、で　**12** が　**13** を、に　**14** は、を　**15** は、が
16 が　**17** のに　**18** て　**19** は　**20** ほど　**21** は、で、と
22 が、に　**23** のに、が　**24** の、が、×、ても　**25** に、から
26 のに　**27** さえ　**28** は、×　**29** が　**30** と　**31** が、を、×
32 の、が、が

練習 6

次の問題の（ ）の中にひらがなを一つ入れなさい。必要でないと

きは×を入れなさい。

1 彼（ ）村外れの一軒屋にたった一人（ ）住んでいました。

2 わたしは昨年、友達（ ）フランスへ行ったとき、ルーブル美術館の

前でカメラ（ ）落として壊してしまいました。

3 あの人は今どこ（ ）何をしているの（ ）まったく分かりません。

4 学生（ ）ときは毎日運動をしていましたが、会社（ ）勤めてから

は、あまりしていません。

5 Ａ：あの、楊総経理はこちら（ ）いらっしゃいますか。

　 Ｂ：ええ。いま講演している方（ ）総経理です。

6 この仕事は5時（ ）（ ）（ ）は終わらないだろう。もう少しか

かるかもしれない。

7 このドラマ（ ）は感動して、涙（ ）出ました。

8 遅くなりましたから、車でお宅（ ）（ ）お送りしましょう。

9 もうすぐお正月（ ）来ますから、きれいに家（ ）掃除をしておき

ます。

10 毎日暑いから、いつもカバンの中に傘（ ）入れておきます。

11 毎晩、少し勉強して（ ）（ ）寝ることにしています。

12 応接間の電気（ ）ついているから、消しておいてください。

13 日本では、次に会ったとき、前回のお礼（ ）言うのが礼儀です。

14 山田さんの部屋は、天井の壁に（ ）（ ）映画スターの写真（ ）

たくさん貼ってあります。

⑮ 夫：眠くてしかたがない。濃い目のお茶（　）入れてくれないか。

　　妻：もう遅いです（　）（　）、明日にしたらどうですか。

　　夫：いや、明日の朝の会議の資料だから、今晩中（　）書かないとま

　　　ずいんだよ。

⑯ 来週、中央図書館（　）本を借りたいんですが、どうすれ（　）いい

んでしょうか。

⑰ コンタクトレンズ（　）買いたいので、今年の夏休みは、毎日、図

書館（　）アルバイトをしようと思っています。

⑱ 彼はだれ（　）対しても、腰（　）低い。

⑲ 日本では靴（　）脱がないで、部屋（　）あがってはいけません。

⑳ わたしは外国へ一人（　）行くことができます。

㉑ 日本語学科（　）在籍しているドナルドさんはアメリカ（　）（　）

来た留学生です。

㉒ A：あれっ？あの人（　）王さんのお姉さんじゃありませんか。

　　B：王さんのお姉さんはもっと背（　）高くて、それに髪も長いです

　　　よ。

㉓ A：レンタルの自転車（　）台湾（　）一周してみたいですね。

　　B：そのうち一周できる（　）サイクリングロード（　）完成するで

　　　しょう。

㉔ 陳さんの誕生日には、お祝いにCD（　）あげようと思っています。

㉕ A：宝くじ（　）もしも一千万円（　）当たったら、何がしたい？

　　B：そんなこと、考えたこと（　）ないよ。

㉖ 先週、習った（　）（　）（　）のことばの意味が思い出せない。

㉗ A：あの、今ブーム（boom）（　）なっている例の本、もう読みま

　　　したか。

　　B：ベストセラー（best seller）らしいので、いちおう読んでみまし

　　　たが、よくわからない（　）小説でした。

㉘ 冷蔵庫の中（　）アイスクリーム（　）買ってあります。3時のおや

　つ（　）食べましょう。

㉙ この辺の家（　）高くて、とてもわたし（　）は買えません。

㉚ 宇宙のことは森山さんに聞く（　）がいちばんいいでしょう。

㉛ 林さんの家はおじいさん（　）お父さんも歯医者さんのようです。

㉜ 夏休み（　）混んでいますから、飛行機（　）切符は予約しておいた

　ほうがいいですよ。

宇宙のことは森山さんに聞くのがいちばんいいでしょう。

森山先生

練習6（要點解說）

1 問18：彼はだれ**に対して**も、〜。

「〜に対して」表示「對〜」，「向〜」的意思。指「動作的對象」。

例：最近は政治に対して、関心が薄れている（最近對政治的關心淡

化）。

2 問18：彼はだれに対しても、**腰が低い**。

「腰が低い」表示「以謙虛的態度對待他人」的意思，慣用句。

3 問26：先週、習った**ばかり**のことばの意味が思い出せない。

「〜たばかり」表示「剛剛做完……」的意思。

4 問28：３時のおやつ**に**食べましょう。

本句和「これを３時のおやつにして食べましょう」同義，「に」表示

轉變，有「當為」的意思。

5 問30：森山さんに聞く**の**がいちばんいいでしょう。

用動詞句或形容詞句充當主題時加「の」，成為形式名詞。

 ◎ メモ

N4コース

練習6（中譯）

① 他獨自一個人住在村莊外緣的獨立屋。

② 去年我和同學到法國時，在羅浮宮美術館前照相機掉落而弄壞了。

③ 他人在哪裡在做些什麼完全一無所悉。

④ 在當學生時每天都做運動，進公司上班以後就不太運動了。

⑤ A：請問，楊總經理在這邊嗎？

　 B：是的。現在正在演講的就是楊總經理。

⑥ 這項工作到5點為止完成不了吧。或許會稍微花點時間。

⑦ 因為被這齣連續劇感動而掉了眼淚。

⑧ 已經很晚了，我用車送你回去吧。

⑨ 因馬上就要過年了，先把家裡清掃乾淨。

⑩ 每天都很熱，所以我在包包裡放著一把陽傘。

⑪ 我每天晚上都固定看點書後再睡覺。

⑫ 客廳的燈亮著，把它關掉。

⑬ 在日本下次見面時，對前次受惠於人的事道謝是一種禮儀。

⑭ 山田先生的房間、連牆上都貼有許多影星的照片。

⑮ 夫：我睏得很。幫我泡杯濃茶好嗎？

　 妻：已經很晚了，資料明天再做怎麼樣？

　 夫：不行。這是明早會議要用的資料，今晚不完成不行。

⑯ 下週想去中央圖書館借書，我應該如何借呢？

⑰ 因我想買新的隱形眼鏡，所以今年的夏天打算每天在圖書館打工。

⑱ 他對待任何人都很謙虛。

⑲ 在日本不可以穿著鞋進到房間內。

⑳ 我可以獨自一個人去外國旅遊。

㉑ 就讀日語學系的魯那先生是從美國來的留學生。

㉒ A：咦？那個人不就是王小姐的姊姊嗎？

B：王小姐的姊姊身高更高些而且頭髮也很長喔。

㉓ A：我真想租一輛腳踏車遊台灣一周耶。

　　B：再過些時候環繞全台的自行車道會完成吧！

㉔ 我打算在小陳的生日時買CD祝賀他。

㉕ A：若是你買彩券中了1000萬日圓，你想作什麼？

　　B：想都沒想過那種事。

㉖ 我想不起上週才剛學過的那句話的意思。

㉗ A：哦～，目前正當紅的那本書，您已經看過了嗎？

　　B：看似是最暢銷書，所以我大概看了一遍，不過是一本看不太懂的小說。

㉘ 我買了些冰淇淋在冰箱內。當作午後３點的下午茶點心吧！

㉙ 這附近的房子很貴我買不起。

㉚ 有關宇宙的問題請教森山先生最適合吧。

㉛ 林先生（小姐）的家中祖父和父親似乎都是醫生。

㉜ 因暑假人多擁擠，所以建議你先預約好機票為佳。

練習６解答

❶ は、で　　❷ と、を　　❸ で、か　　❹ の、に　　❺ に、が

❻ までに　　❼ に、が　　❽ まで　　❾ が、の　　❿ を　　⓫ から

⓬ が　　⓭ を　　⓮ まで、が　　⓯ を、から、に　　⓰ で、ば

⓱ を（が）、で　　⓲ に、が　　⓳ を、に　　⓴ で　　㉑ に、から

㉒ は、が　　㉓ で、を、×、が　　㉔ を　　㉕ で、が（×）、も（×）

㉖ ばかり　　㉗ に、×　　㉘ に、が、に　　㉙ は、に　　㉚ の

㉛ も　　㉜ は、の

練習 7

次の問題の（　）の中にひらがなを一つ入れなさい。必要でないと
きは×を入れなさい。

① 林さんは毎朝5時に起きて、山登りをして（　）（　）、会社へ行く
んだそうです。

② 隣の家は家族そろってカラオケ（　）好きなようだが、毎晩、夜中
（　）（　）歌われると、さすがに迷惑だ。

③ 天候に問題（　）（　）なければ、荷物は明日の昼ごろ（　）（　）
（　）到着するでしょう。

④ これは裕子さん（　）退院祝いにくれた花束です。

⑤ ときどきふるさと（　）懐かしく思い出される。

⑥ 引越しのとき、大きい荷物（　）いくつも運んだので、少し腰（　）
傷めてしまった。

⑦ うちの母（　）わからないことがある（　）、すぐインターネット
（　）調べている。

⑧ 今晩、同僚（　）来るので、ビール（　）冷やしておこう。

⑨ 電気自動車が出た（　）（　）（　）のころは、とても高かった。

⑩ 会社に行くときは、この道（　）通りますが、帰宅するときは別の道
（　）歩いて帰ってきます。

⑪ 週末に寒波（　）来るらしいですね。

⑫ 毎朝3時半に起きて、すぐにシャワー（　）浴びます。それから夜

（　　）明けるまで本を読んでいます。

⑬ 陳さんは英語（　　）できれ（　　）、フランス語もできる。

⑭ 次のひらがなを漢字（　　）直しなさい。

⑮ 客　：あのう、これ（　　）Ｌサイズはありますか。

　　店員：すみません。いま、ここに出ている（　　）（　　）なんですが。

⑯ すみませんが、すき焼きの肉はどう切れ（　　）いいでしょうか。

⑰ 学生のうちにいろいろなこと（　　）チャレンジしてみたほうがよい。

⑱ 雷（　　）鳴っているから、出かける（　　）はやめよう。

⑲ 白いくつ下（　　）汚れたので、手（　　）洗いました。

⑳ 友だち（　　）日本の歌のCDを貸しましたが、まだ返してくれません。

㉑ 鈴木さんはいい自転車を持っている（　　）（　　）、どこへも出かけません。

㉒ 時計の電池（　　）切れたので、交換してもらう。

㉓ 駅のホーム（　　）101ビルの花火を見に行く人（　　）あふれています。

㉔ この鶏肉のスープ（　　）少し漢方薬の味（　　）します。

㉕ 突然、学校から電話（　　）かかってきたので、びっくりした。

㉖ A：お母さん、テレビ、またチラチラしてきて、何だか（　　）壊れそうだよ。

　　B：あ、本当だ。このテレビ（　　）もうダメね。新しい（　　）を買おうか。

㉗ 先日はお見舞い（　）来てくれて、どうもありがとう。

㉘ 佐藤：万里の長城はいったい何キロ（　）あるんでしょうか。

　　林　：どの（　）（　）（　）あるんでしょうね。

　　佐藤：何年（　）かかって完成したんですか。

㉙ 王　：あのう、ごみ（　）どこに出したらいいでしょうか。

　　大家：あそこに青いネット（net）（　）あるでしょう。朝あそこに

　　　　　出して、ネット（　）かぶせておいてください。

　　王　：毎朝、出せるんですか。

　　大家：いいえ。燃えるごみ（　）月と金、燃えないごみは火曜日で

　　　　　す。それぞれ朝の８時（　）（　）（　）出してください。

　　王　：ビンとか缶はどうすれ（　）いいですか。

　　大家：ビンと缶は水曜日です。あのネットのところ（　）詳しく書い

　　　　　てありますよ。

㉚ この子は顔も性格（　）お母さん（　）よく似ています。

㉛ 弟は来週期末試験がある（　）（　）、まだ勉強を始めていません。

㉜ いくら健康（　）（　）、やはり体には気をつけたほうがよい。

練習7（要點解說）

1 問5：母のこと**が**懐かしく思い出される。

「が」表示自發動詞（主體自然發自內心的動作），有「不禁」或「不由得」的意思。

2 問10：会社に行くときは、この道**を**通ります。

「を」表示「動作的移動所經過或通過之地點」。

3 問13：陳さんは英語**も**できれ**ば**、フランス語**も**できる。

句型「Ａも～ば、Ｂも～」。「も」表示「述詞的前項（英語）與後項（フランス語）具有並存的關係」，有「既～又～」，「又～又～」的意思。

4 問24：このスープは漢方薬の**味がする**。

「味がする」是「有～味道」的意思。「味がする」「においがする」「声がする」「音がする」等，表示由五官捕捉到的現象時、用「～がする」做表達。這些表達方式都與說話者的意志無關，只是表示說話者的感覺

5 問30：お母さん**に**似ています。

「に」表示比較的基準點。

N4コース

129

練習7（中譯）

① 聽說林先生每天早上5點起床，爬山之後才到公司上班。

② 隔壁人家似乎很喜歡卡拉OK，但每晚都唱到三更半夜，實在是讓人困擾不已。

③ 只要天候沒問題，包裹應該明天中午左右會到吧。

④ 這是裕子在我出院時送給我的玫瑰花束。

⑤ 我有時會不由得懷念起家鄉。

⑥ 搬家時，因搬運了幾個大型的傢具，因此扭傷了腰。

⑦ 家母一有不清楚的事，就馬上上網查詢。

⑧ 今天晚上、因同事要來先把啤酒冰起來。

⑨ 電動汽車剛上市時好貴喔！

⑩ 去打工時走這條馬路，但回家時走另一條路回家。

⑪ 聽說這個週末寒流要來。

⑫ 每天清晨3點半起床，馬上沖澡。然後到天亮為止一直看著書。

⑬ 陳同學會英文也會法文。

⑭ 將下列的平假名改成漢字。

⑮ 客　　：請問。有這款L號嗎？

　　店員：不好意思。只有擺在這裡的而已。

⑯ 請問～，日本火鍋用的肉要怎麼切。

⑰ 在身為學生的時候還是多做各種的挑戰為佳。

⑱ 因正在打雷，就停止外出吧。

⑲ 因為白襪子髒了，所以我將它用手洗淨了。

⑳ 我把日本歌的CD借給了朋友，但還沒還給我。

㉑ 鈴木先生擁有一台很好的自行車，卻不騎出去。

㉒ 手錶的電池沒電了，所以要請人更換。

㉓ 車站的月台擠滿了要前往101大樓觀賞煙火的人。

㉔ 這份雞湯有一點漢藥味。

㉕ 學校突然打了電話來，讓我吃了一驚。

㉖ Ａ：媽媽、電視機又一閃一閃的，似乎要壞掉的樣子。

　　Ｂ：啊、真的！這台電視機已經不能用了。買一台新的吧。

㉗ 前些日子承蒙您來探視，真是感謝。

㉘ 佐藤：萬里長城究竟有幾公里？

　　林　：到底有多長啊？

　　佐藤：是花幾年完成的呢？

㉙ 王　：請問～，垃圾要放在哪裡呢？

　　房東：那邊有藍色的網子吧？請在早上放置到那邊，用網子覆蓋好。

　　王　：每天早上都可以拿出來放嗎？

　　房東：不行。可燃垃圾是星期一和星期五，不可燃垃圾是星期二。個別在早上八點以前拿出
　　　　　來。

　　王　：瓶子與罐子該怎麼處理呢？

　　房東：瓶罐類的垃圾是星期三。那個網子的地方有寫著詳細的說明喔。

㉚ 這孩子臉型和性格都很像媽媽。

㉛ 弟弟下星期明明有期末考，卻還不開始唸書。

㉜ 就算再怎麼健康，還是要多照顧身體為要。

練習7解答

1 から　**2** が、まで　**3** さえ、までに　**4** が　**5** が

6 を、を　**7** は、と、で　**8** が、を　**9** ばかり　**10** を、を

11 が　**12** を、が　**13** も、ば　**14** に　**15** の、だけ　**16** ば

17 に　**18** が、の　**19** が、で　**20** に　**21** のに　**22** が

23 は、で　**24** は、が　**25** が　**26** ×、は（×）、の　**27** に

28 ×、ぐらい、×　**29** は、が、を、は、までに、ば、に　**30** も、に

31 のに　**32** でも

練習　8

次の問題の（　）の中にひらがなを一つ入れなさい。必要でないときは×を入れなさい。

① ここは交通の便（　）いいので、外出する（　）（　）とても便利なところです。

② わたしは黄先生（　）大学院入試のための推薦状（　）書いていただきました。

③ 石垣島の手（　）ちぎって食べるパイナップル（　）「黄金のパイン」と言われ、ジューシー（juicy）でおいしいらしい。

④ あなたの思っていることをなん（　）（　）遠慮しないで言ってごらんなさい。

⑤ あれっ！陳さん（　）楽しそうに山田さん（　）歩いている。

⑥ A：ついに念願の会社（　）立ち上げたそうですね。
　 B：会社（　）言っても、社員はわたしと家内の二人（　）（　）の会社ですよ。

⑦ 母：宿題はちゃんとしたの？しっかり勉強しなけれ（　）、いい成績が取れないでしょう。
　 子：分かってるよ。

⑧ わたしは卒業したら、人の役（　）立つ仕事がしたい。

⑨ 夕べは虫歯（　）痛くて、よく眠れなかった。

⑩ 子：あ、おいしそうなケーキ。食べ（　）（　）いい？
　 母：いいわよ。ちゃんと手（　）洗ってからね。

⑪ 少し急がない（　）飛行機の時間に遅れますよ。

⑫ 姉（　）わたしも同じ高校で同じ先生（　）数学を習った。

⑬ 車と自転車（　）ぶつかって、自転車に乗っていた人（　）救急車で病院に運ばれた。

⑭ この辺では桜（　）４月の終わりにならない（　）咲きません。

⑮ 今日は天気（　）いいが、風（　）冷たい。

⑯ 虫メガネは小さいものを見る（　）（　）使います。

⑰ 何（　）ぐずぐずしているんですか。早く行きましょうよ。

⑱ 家に帰ると、いつも何となくテレビ（　）スイッチを入れてしまう。

⑲ 母：みどり、お礼（　）手紙はもう出したの？
　　娘：まだ。晩ご飯を食べて（　）（　）書く。

⑳ よく聞こえません。もう少し大きい声（　）話してください。

㉑ あの人は体に悪いと知り（　）（　）も、毎晩酒をたくさん飲んでしまうという。

㉒ わが家では、毎年初詣には家族（　）明治神宮へ行きます。

㉓ ちょうど家に帰ろう（　）したとき、先生（　）呼ばれました。

㉔ 山田さん（　）陳さんも鍋パーティー（　）呼びました。

㉕ まもなく１番線（　）電車が参ります。危ないです（　）（　）、黄色い線の内側（　）下がってお待ちください。

㉖ Ａ：高けれ（　）買いませんか。
　　Ｂ：いいえ、品質（　）よければ、高く（　）（　）買いますよ。

㉗ 夕べは疲れ（　）、テレビ（　）つけたまま寝てしまいました。

㉘ ここにお名前（　）ご住所を書いてください。

㉙ 医者：どうしましたか。

患者：ここ1週間、胃（　）痛くて、ご飯もあまり食べられないんで

す。

医者：何（　）ストレスでもありましたか。

患者：2か月前に部署（　）変ってから、仕事（　）忙しくて。

医者：おそらく神経性（　）ものでしょう。一週間分の薬（　）出し

ておきますから、来週また来てください。

㉚ 新学期が始まっ（　）、また学校がにぎやかになった。

㉛ みなさん、あしたの朝は、校長先生のお話がありますから、8時半

（　）（　）（　）体育館（　）集まってください。

㉜ 母は毎晩、食事（　）済むと、姉（　）ごみ出しに行かせます。

虫メガネは小さいものを見るのに使います。

1 問8：人の**役に立つ**仕事がしたい。

「役に立つ」表示「有用處」的意思，慣用句。

2 問15：今日は天気**は**いい**が**、風**は**冷たい。

原本為「天気がいい」，「風が冷たい」（自然界之現象），但因為兩

者有相對、相比的意思，所以改成「～は～が、～は～」的加強意思。

3 問16：虫メガネは小さいものを見る**のに**使います。

「のに」是「～時候」，「～情況」，「做為～用的」的意思。表示

「用途」及「目的」。

例：地震が来るのに備えておこう（做為地震來臨時備用）。

4 問21：あの人は体に悪いと知り**つつ**も、毎晩、酒を飲んでしまうとい

う。

「つつ」表示逆接，在此「～と知りつつ」和「知っていながら」類

似，有「明知～卻～」的意思。

5 問23：ちょうど家に帰ろ**うとした**とき、～。

「（ちょうど）～（よ）うとしたとき」表示「正要～時候」的意思。

6 問23：家に帰ろうとしたとき、先生**に**呼ばれました。

在被動句當中，當為主動的人，後面助詞用「に」。

7 問29：一週間分の**薬を出して**おきますから、また来週来てください。

「薬を出す」在此是指「醫師要為病患開藥」的意思。

練習8（中譯）

1. 這裡交通便利，外出很方便。

2. 黃老師幫我寫了要考研究所的推薦函。

3. 聽說石垣島上可用手剝食的鳳梨被稱為黃金鳳梨，汁多好吃。

4. 請把你想的事，無論是什麼都不要客氣地說出來。

5. 喔～！陳小姐和山田先生愉快地走在一起。

6. A：聽說你成立了公司達成心願。

   B：雖說是公司，但不過就只有我和內人兩名員工的公司罷了。

7. 母：習題都認真地做了嗎？如不好好地用功，拿不到好成績呦。

   子：我知道啦！

8. 我畢業後，想做些有益於人們的工作。

9. 昨晚牙痛得睡不著。

10. 小孩：哇，這蛋糕看來好像很好吃耶。我可以吃嗎？

    母親：可以呀。但是得先好好洗手才行喔。

11. 如果再不快點，就趕不上飛機了。

12. 姊姊和我都是在同所高中上同一位老師的數學課。

13. 汽車和腳踏車相撞，騎腳踏車的人被救護車送往醫院。

14. 這一帶到四月底，櫻花才會綻開。

15. 今天天氣雖好，但風很冷。

16. 放大鏡是用來觀察微小物體的。

17. 你慢吞吞地在做什麼？快點走吧！

18. 一回到家，不由得就打開了電視。

19. 母親：小綠，謝函寄出去了嗎？

    女兒：還沒，吃完晚飯後寫。

20. 聽不清楚。請稍微說大聲一點。

21. 聽說他明明知道對身體無益，每晚還是喝了許多酒。

㉒ 我家每年都到明治神宮去做年初參拜。

㉓ 正打算回家時，老師找我。

㉔ 在煮火鍋的聚餐裡，山田、小陳都邀請了。

㉕ 第一月台電車即將進站。為避免危險，請站在黃線的後面。

㉖ Ａ：如果貴就不買嗎？

  Ｂ：不，只要品質好就是貴一點也會買。

㉗ 昨晚因太累了，電視沒關就睡著了。

㉘ 請在這邊寫上你的大名和住址。

㉙ 醫生：你怎麼了？

  病患：最近一星期胃痛，飯也不太吃得下。

  醫生：有什麼壓力嗎？

  病患：兩個月前換了部門，工作蠻忙的。

  醫生：恐怕是神經性的胃痛吧！那就先開一星期的藥，請下週再回診。

㉚ 新的學期開始，學校又是朝氣蓬勃。

㉛ 大家注意，明天早上校長要訓話請在 8 點半到體育館集合。

㉜ 家母每天都在用完餐後，要姐姐去倒垃圾。

練習８解答

❶ が、のに　❷ に、を　❸ で、は　❹ でも　❺ が、と
❻ を、と、きり（だけ）　❼ ば　❽ に　❾ が　❿ ても、を
⓫ と　⓬ も、に　⓭ が、が　⓮ は、と　⓯ は、は　⓰ のに
⓱ を　⓲ の　⓳ の、から　⓴ で　㉑ つつ　㉒ で（と）
㉓ と、に　㉔ も、に　㉕ に、から、に　㉖ ば、が、ても
㉗ て、を　㉘ と　㉙ が、か、が、が、の、を　㉚ て
㉛ までに、に　㉜ が、を

練習　9

次の問題の（　）の中にひらがなを一つ入れなさい。必要でないと
きは×を入れなさい。

① 彼はストレス（　）原因で、血圧（　）あがってしまいました。

② 最近、何かと不祥事（　）多い相撲協会だが、日本では相撲（　）も
ともと神聖な国技だった。

③ ジョンさんはアメリカ人だが、実に箸（　）上手に使う。

④ 車（　）ばかり乗っていると、足腰（　）弱くなってしまいます。

⑤ このおしゃれ用のワンピースは洗濯機（　）丸洗いができます。

⑥ 今テレビアニメの日本語（　）少し分かるようになりました。以前は
ぜんぜん（　）分かりませんでした。

⑦ せっかく勉強してきた（　）（　）、今日は試験がありませんでし
た。

⑧ 陳　：あの、言いにくいんです（　）、来週、一週間アルバイト（
　）休ませていただけますか。

　　店長：1週間も？いま夏の書き入れ時（　）、急に1週間もと言われ
ても困るんだよね。何（　）急用でも。

　　陳　：実は台湾から両親（　）来ることになりまして……。

⑨ これは電子レンジ（　）簡単にできる栄養満点（　）ヘルシー料理で
す。

⑩ 最近は中国（　）（　）の観光客が増えてきている。

⑪ この買った（　）（　）（　）のCDプレーヤーはときどき変な音

（　）する。

12 わたしは先週日本へ行って、東京マラソン（　）参加してきました。おおぜいの人（　）沿道から声援を送ってくれました。

13 走り（　）（　）（　）ボランティアの人からの差し入れ（　）寿司や和菓子も食べました。

14 先生は最近よく休む陳さん（　）そのわけを聞きました。

15 今日は朝から雨（　）降っています。風（　）吹いています。たぶん明日（　）天気が悪いでしょう。

16 これ以上、自然を破壊する（　）を許すわけにはいかない。

17 昨日、日本のりんごを10個（　）（　）（　）買って、おばの家に行きました。

18 台湾はあたたかい（　）、物価も安い（　）、いいところです。

19 陳：あれ、オートバイのかぎ（　）ない。
　 林：ヘルメット（　）中じゃないですか。ほら、あるでしょう？

20 デパートで日本のしいたけ（　）買いました。いなかの父（　）送ります。父は日本のしいたけ（　）大好物なんです。

21 あのおじいさん（　）おばあさんは夫婦です。おじいさん（　）いつも公園のベンチ（　）休んでいますが、おばあさんはよく公園の中（　）歩いています。

22 Ａさんは留学生で、いま台湾のＴ大学（　）中国文学（　）勉強をしています。

23 張さんは英語（　）話せますし、日本語（　）話せます。

24 試験の成績（　）悪かったからといって、泣いて悔しがる（　）

（　）のことはない。

㉕ 国連（　）抱えている問題は実に多い。

㉖ あっ、しまった。うっかりし（　）友だちに電話する（　）を忘れて
いた。

㉗ 叱りすぎ（　）かえって子ども（　）よくない。

㉘ そのことをニュース（　）知ったときは、心臓が止まる（　）（　）
びっくりした。

㉙ 値段の高い料理（　）おいしい（　）（　）一概に言えない。

㉚ 体によくないと分かってい（　）（　）（　）も、ついつい飲んだり
食べ（　）（　）してしまうものがある。

㉛ 台湾ではスイカ（　）一年中食べられるが、やはり夏の（　）いちば
んおいしい。

㉜ 暑くなったので、髪の毛（　）短く切った。

㉝ パソコン（　）買ってきて、説明書（　）通りに接続してみたが、動
かない。

暑くなったので、髪の毛を短く切った。

練習9（要點解説）

1 問8：いま夏の**書き入れ時**で、〜。

「書き入れ時」表示「旺季」的意思。

例：今月はデパートの買い入れ時です（本月是百貨業的旺季）。

2 問24：泣いて悔しがる**ほどの**ことは**ない**。

「ほど」表示「比較的程度」。句型「〜ほどの〜ない」後面使用「否定型態」，有「並非、不至於、不必」的意思。

3 問30：体によくないと分かってい**ながら**〜。

「ながら」表示「逆接」。「〜ながらも〜」表示「雖處於前項所述的狀態下，仍然發生後項所示的結果」。有「雖然〜但（卻）〜」的意思。

4 問33：説明書**の通りに**接続したが、動かない。

「〜の通りに」表示「按照所指示的方式進行某個動作」。

◎ メモ

練習9（中譯）

1. 他因為壓力導致血壓上升。

2. 最近，相撲協會醜聞事件總是層出不窮，但在日本相撲本是一項神聖的國技。

3. 約翰雖然是美國人，但筷子用得很熟練。

4. 老是搭車，腰和腿會愈來愈衰弱。

5. 這件洋裝可以整件用洗衣機洗。

6. 目前我懂少許的電視的動畫日文了。之前完全不懂。

7. 我特地用功準備而來，但今天卻沒有考試。

8. 陳　：哦～，實在是很難開口，下週的打工我可以請一個禮拜的假嗎？

   店長：請整個禮拜？現在正是夏天的旺季，突然說要請一個禮拜的假，我也蠻為難的！有什麼

   　　　急事嗎？

   陳　：其實，是我的父母要從台灣來……。

9. 這是可用微波爐做出來的營養豐富保健料理。

10. 最近中國來的觀光客正在增加中。

11. 這個剛買的CD播放器，有時會發出怪聲音。

12. 我上週前往日本，參加了東京馬拉松大賽回來。許多人夾道歡呼為選手加油。

13. 一邊跑一邊吃了義工們免費提供的壽司和日式點心。

14. 老師問了陳同學最近經常請假的原由。

15. 今天從早上一直下著雨。也吹著風。大概明天天氣也不好吧。

16. 事至如今，再也不許破壞大自然了。

17. 昨天買了10個左右的日本蘋果，去了嬸嬸的家。

18. 台灣天候又溫暖，物價也便宜是個好地方。

19. 陳：唉呦、機車的鑰匙不見了。

   林：不就在安全帽內嗎？你看、有吧！

20. 我在百貨公司買了日本的香菇。要送給家鄉的父親。家父嗜好日本的香菇。

21. 那位爺爺和奶奶是夫婦。爺爺總是在公園的長椅上休息。奶奶時常在公園內散步。

㉒ Ａ同學是留學生，目前在台灣的Ｔ大學攻讀中國文學。

㉓ 張先生會說英語，也會說日語。

㉔ 雖說考得不好，但也還不至於懊悔哭泣。

㉕ 聯合國所需面對的問題實在是很多。

㉖ 啊！糟糕。一不注意忘了給同學打電話。

㉗ 罵過了頭反而對小孩不好。

㉘ 我從新聞報導聽到那件事時，吃驚得連心臟都快停下來了。

㉙ 價格高的料理並不見得就好吃。

㉚ 明明知道對身體不好，卻又忍不住地吃吃喝喝。

㉛ 在台灣，雖然整年都吃得到西瓜，不過還是夏季的西瓜最為好吃。

㉜ 因天氣轉熱，所以我把頭髮剪短了。

㉝ 我買了個人電腦回來，按照說明書的方式嘗試做了連接，卻動不了。

練習９解答

❶ が、が　❷ の（が）、は　❸ を　❹ に、が　❺ で
❻ が、×　❼ のに　❽ が、を、で、か、が　❾ で、の
❿ から　⓫ ばかり、が　⓬ に、が　⓭ ながら、の　⓮ に
⓯ が、も、も　⓰ の　⓱ ばかり　⓲ し、し　⓳ が、の
⓴ を、に、が　㉑ と、は、で、を　㉒ で、の　㉓ も、も
㉔ が、ほど　㉕ の（が）　㉖ て、の　㉗ は、に　㉘ で、ほど
㉙ が、とは　㉚ ながら、たり　㉛ は、が　㉜ を　㉝ を、の

Ｎ４コース

練習　10

次の問題の（　）の中にひらがなを一つ入れなさい。必要でないときは×を入れなさい。

① A：もうお風呂（　）入りましたか。

　　B：いいえ。これ（　）（　）入るところです。

② A：卒業したら、どうする（　）つもりですか。

　　B：とりあえず、就職しよう（　）考えています。

③ 友達（　）誕生日にちょうど行きたいと思っていたコンサートの券（　）2枚くれました。

④ わたしは子どもの頃、父の仕事の関係（　）中東のアラブ（　）6年住んでいたことがあります。

⑤ 父（　）最近コレステロール（cholesterol）値（　）高くなってきているので、肉類や魚介類は食べないようにしているらしい。

⑥ 授業中、友だち（　）おしゃべりをしていて、先生（　）叱られた。

⑦ 来週は会話の授業（　）2分間スピーチの試験があるから、今晩から原稿（　）用意をします。

⑧ 彼女は毎朝、食事の前に必ず自分（　）生ジュースを作っ（　）飲んでいるそうです。

⑨ 難しく（　）（　）何回も繰り返し練習すれ（　）、上手になります。

⑩ 花子：すみません。あのう、お借りした画集（　）コーヒーをこぼして、汚してしまったんですが……。

太郎：えっ？これは僕（　）じゃないんです。困ったなあ……。

⑪ ちょうど寝ようとしたとき、友達から電話（　）かかってきました。

⑫ 林：あれっ、陳さん、住所（　）変わりましたね。引越しをしたんで

　　　すか。

　　陳：そうなんです。家賃（　）高くなってしまって。

⑬ よく晴れている（　）日は、東京から富士山（　）見えます。

⑭ 駆け込み乗車（　）危険ですから、おやめください。

⑮ A：あの、MRTの駅（　）どちらでしょうか。

　　B：駅って、どちら（　）駅ですか。雙連駅（　）こちらで、中山駅

　　　（　）あちらですが。

⑯ A：えっ？どうして旅行に行かなかったんですか。あんなに楽しみに

　　　していた（　）（　）。

　　B：うん、ちょっと用事（　）できて。

　　A：用事？何（　）用事？

⑰ 鈴木：課長、伊藤さんという人が社長（　）お目にかかりたいと言っ

　　　　　て来ていますが。

　　課長：伊藤さん？どんな（　）人？

⑱ このケーキは見た目（　）おいしそうだが、香料の使いすぎ（　）、

　　かえってまずい。

⑲ 最近、会社の近く（　）新しいイタリアレストランができました。

⑳ 今日は湿気（　）多いせいか、なんとなく体（　）だるい。

㉑ 店員：いかがですか。お客様にはよくお似合い（　）と思いますが。

　　客　：ちょっと試着し（　）（　）いいですか。

㉒ 数学の問題で、ここのところ（　）よく分からないんですが、ちょっと教えていただけますか。

㉓ A：これは素敵なデザイン（　）花びんですね。

　　B：そうです（　）。母（　）選んだものなんです。

㉔ 陳：林さんの田舎（　）どちらですか。

　　林：実は、わたしは台北生まれ（　）台北育ちなんですが、祖母

　　　　（　）南部にいますので、子どものころはよく祖母（　）家へ遊

　　　　びに行ったものです。

㉕ 今の時代、パソコンがない（　）仕事にならない。

㉖ 若者たちは軽快なリズム（　）合わせて踊っています。

㉗ A：これはペットボトル（　）使って作ったおもちゃです。

　　B：ペットボトル（　）なかなかりっぱなもの（　）できるんです

　　　　ね。

㉘ 子供：お母さん、テレビ（　）見てもいい？

　　母親：宿題を先にして（　）（　）ね。

㉙ おととい、書留（　）届くはずだったが、今日になってもまだ届いて

　　いない。

㉚ よかったらお茶（　）（　）飲みながら、おしゃべりしませんか。

1 問2：就職しよう**と**考えています。

句型「～ようと思う、～ようと考える」表示「想」，「考慮」的意思。

2 問16：用事**ができて**、～。

「用事ができる」表示「發生某事需要處理」的意思。

3 問20：今日は湿気が多い**せいか**、～。

「～（の）せいか」表示「由於～」，「也許是（因為）～」的意思。

例：ダイエットのため、朝食を取らなくなったせいか、どうも体に力が入らない（因在減肥，早餐沒吃的緣故吧，總覺得全身無力）。

4 問20：今日は湿気が多いせいか、**体がだるい**。

「だるい」表示「疲勞而沒有朝氣」，「做什麼事都懶洋洋」的意思。

例：風邪気味で体がだるい（因有點感冒身體不聽使喚）。

5 問21：お客様にはお似合い**か**と思いますが、～。

「～か」表示「推測」，「可能是～」。

6 問25：今の時代、パソコンがないと**仕事にならない**。

「仕事にならない」表示「無法完成工作」的意思。

例：来客が多くて仕事にならない（訪客多所以無法完成工作）。

N4コース

練習10（中譯）

① A：你已經洗澡了嗎？

　　B：還沒。現在正要洗。

② A：畢業後打算做什麼？

　　B：暫且打算去就業。

③ 朋友在我的生口時給了我兩張我正想去的演唱會的招待券。

④ 我因為父親的工作關係，曾經在中東的阿拉伯住過６年。

⑤ 家父好像因為最近膽固醇過高，所以盡量不吃肉類和海鮮魚貝類。

⑥ 我在上課時跟同學聊天，被老師責罵了。

⑦ 下週的會話課有２分鐘的會話考試，從今晚開始要準備稿子。

⑧ 聽說她每天早上吃早餐之前，先喝自己現打的果汁。

⑨ 就是很難只要多重複練習幾次，就能得心應手。

⑩ 花子：對不起。哦～，向你借的畫集，因咖啡打翻而弄髒了……。

　　太郎：唉呀？這可不是我的。糟糕……。

⑪ 當我正想睡覺時，朋友來了電話。

⑫ 林：唉喲、陳先生、你的住址變更了。是搬了家嗎？

　　陳：是啊。租金變貴了。

⑬ 大晴天時從東京可以看到富士山。

⑭ 請勿於發車前緊急衝進電車非常危險。

⑮ A：請問～，捷運站在哪裡呢？

　　B：車站？你是指哪邊的車站呢？雙連站是在這邊，中山站是在那一邊。

⑯ A：咦？為什麼沒有去旅行呢？當時你是多麼的期盼啊。

　　B：是的，因為有點事。

　　A：有事？是什麼事？

⑰ 鈴木：課長、有一位叫做伊藤先生的人說想見社長。

　　課長：伊藤先生？是怎麼樣的人？

⑱ 這個蛋糕看起來很好吃的樣子，但香料使用太多，反而不好吃。

⑲ 最近，公司附近開了一家新的義大利餐廳。

⑳ 今天因濕氣重的緣故吧，總覺得全身無力。

㉑ 店員：怎麼樣呢？我覺得蠻適合您的。

　　客人：可以試穿看看嗎？

㉒ 是關於數學的問題，這個地方我不懂，您可以教我嗎？

㉓ A：這可真是個高雅的花瓶呀。

　　B：是嗎？這是家母挑選的。

㉔ 陳：林先生您的老家在哪裡？

　　林：其實，我是土生土長的台北人，但因為祖母住南部，所以孩童時期常到祖母家玩。

㉕ 現今這個年代，沒有電腦就無法工作。

㉖ 年輕人配合著輕快的節奏在跳舞。

㉗ A：這是利用寶特瓶製成的玩具。

　　B：利用寶特瓶也能做出這麼氣派的東西啊。

㉘ 小孩：媽媽，我可以看電視嗎？

　　母親：先把作業做完。

㉙ 前天應該到的掛號信，到今天還沒送達。

㉚ 如果你可以的話，我們去邊喝個茶、邊聊聊天怎麼樣？

練習10解答

❶ に、から　❷ ×、と　❸ が、を　❹ で、に　❺ は、が
❻ と、に　❼ で、の　❽ で、て　❾ ても、ば　❿ に、の
⓫ が　⓬ が、が　⓭ ×、が　⓮ は　⓯ は、の、は、は
⓰ のに、が、の　⓱ に、×　⓲ は、で　⓳ に　⓴ が、が
㉑ か、ても　㉒ が　㉓ の、か、が　㉔ は、の、が、の　㉕ と
㉖ に　㉗ を、で、が　㉘ を（×）、から　㉙ が　㉚ でも

N4コース

練 習 11

次の問題の（　）の中にひらがなを一つ入れなさい。必要でないときは×を入れなさい。

① 祖母は一日（　）一回は、必ず豆腐（　）使った料理を食べています。

② 今朝は電車の事故（　）１時間も会社（　）遅れてしまいました。

③ 黒板の字（　）よく見えませんので、めがね（　）作りました。

④ 台湾のコンピュータは世界中（　）輸出されています。

⑤ 腰痛防止のためのストレッチ体操には、いったいどれ（　）（　）の効果があるのだろうか。

⑥ わからない言葉はすぐに辞書（　）調べましょう。

⑦ Ａ：きのう台北駅（　）偶然、山田さん（　）会いました。

　　Ｂ：山田さん（　）お元気でしたか。

　　Ａ：ええ。Ｂさんによろしく（　）言ってました。

　　Ｂ：そうですか。じゃ、今晩、山田さん（　）電話してみます。

⑧ 陳　　：昨日、大学時代の友人（　）上海から休暇（　）帰ってきました。

　山田：友達は上海（　）何をしているんですか。

　陳　　：台湾のコンピュータ会社の中国工場（　）仕事をしています。

　山田：最近は中国へ行く人（　）多いですね。

⑨ 兄は転勤（　）３年前から高雄（　）工場へ行っています。

⑩ こういう苦しいときに（　）（　）、がんばらなければ。

⑪ もうこの包丁（ほうちょう）（　）錆（さ）びていて切（き）れないよ。

⑫ わたしは日本（にほん）のこけし人形（にんぎょう）（　）好（す）きです。先月（せんげつ）、九州（きゅうしゅう）へ行（い）ったとき、鹿児島県（かごしまけん）の桜島（さくらじま）（　）これを買（か）いました。

⑬ フェリー（ferry boat）（　）（　）見（み）る桜島（さくらじま）はとてもきれいで、富士山（ふじさん）のような形（かたち）（　）していました。

⑭ 昨日（きのう）、家族（かぞく）で庭（にわ）（　）バナナの木（き）を二本（にほん）（　）植（う）えました。いつバナナが食（た）べられる（　）楽（たの）しみです。

⑮ 来月（らいげつ）から伯父（おじ）の法律事務所（ほうりつじむしょ）（　）働（はたら）くことになりました。

⑯ 山田（やまだ）さん、すみません（　）、ちょっと年賀状（ねんがじょう）（　）書（か）き方（かた）を教（おし）えてください。

⑰ 中学生（ちゅうがくせい）の息子（むすこ）（　）食材（しょくざい）を買（か）ってきて、カレーを作（つく）ってくれました。

⑱ Aさん（　）3時（じ）に会（あ）う約束（やくそく）をした（　）（　）、30分（ぷん）待（ま）っ（　）（　）来（こ）ないので、電話（でんわ）をしたら、まだ寝（ね）ていました。

⑲ 美佳（みか）ちゃんは成績（せいせき）（　）いいので、先生（せんせい）（　）ほめられました。

⑳ 森田（もりた）さんの書（か）いた小説（しょうせつ）（　）今年（ことし）の芥川賞候補（あくたがわしょうこうほ）に選（えら）ばれた。

㉑ 残念（ざんねん）だなあ。この民宿（みんしゅく）（　）もう予約（よやく）（　）いっぱいです。

㉒ A：わたしのふるさとは山（やま）のふもと（　）あって、とてもきれいなんですが、スーパーが一軒（いっけん）（　）ないんです。
B：それじゃ、車（くるま）（　）ないと、ちょっと不便（ふべん）ですね。

㉓ あのおばあさん（　）雨（あめ）の日（ひ）でも、自分（じぶん）で育（そだ）てた野菜（やさい）を毎朝（まいあさ）、道端（みちばた）（　）売（う）っています。

㉔ A：おなか（　）すきましたね。そろそろ食事（しょくじ）に行（い）きませんか。
B：あ、もう12時（じ）（　）回（まわ）っていたんですね。じゃ、行（い）きましょう

か。

㉕ A：ずいぶん大きい荷物ですね。何（　）入っているんですか。

　　 B：いろいろ入っていますが、研究用（　）資料が多いですね。

㉖ ひらがなもカタカナも漢字（　）（　）作られました。

㉗ 電車やバスは必ず降りる人（　）先です。みんな降りて（　）（　）
乗ります。

㉘ 来月から一人で生活するのだから、チャーハン（　）（　）（　）作
れなくては。

㉙ 彼の趣味（　）バードウオッチング（bird-watching）で、週末はた
いてい野山に出かけているようです。

㉚ ついに待ち（　）待った日がやってきた。

㉛ この作家の小説は難しくて、一回読んだ（　）（　）では、とても理
解できない。

㉜ 客　　　　　　　：コーヒー（　）食後の後に持ってきてください。

　ウエイトレス：かしこまりました。

練習11（要點解說）

1 問7：山田さんが林さんによろしく**と**言ってました。

「と」表示引述「言ってました」的内容。

2 問18：Aさん**と**3時に会う約束をした。

「と」表示「與對方共同做某個動作」的意思。

例：陳さんはアメリカ人のジョンさんと結婚した（陳小姐和美國的約翰先生結婚）。

3 問24：あ、もう**12時を回って**いたんだ。

「～時を回る」表示「時間已是～」的意思。

例：今5時を回ったところです（現在時間已是過了5點了）。

4 問28：来月から一人で生活するのだから、チャーハン**ぐらい**作れなくては。

「名詞＋ぐらい」是「舉例說明程度或限度」。在此表示「最低限度」，有「至少」的意思。

例：いやだなあ。今日は僕の誕生日だよ。誕生日ぐらい覚えておいてくれよ（哎呀！今天是我的生日耶。拜託！你也該記一記我的生日吧！）。

5 問30：ついに**待ちに待った**日がやってきた。

「～に～て」，「～に～た」表示「做了～又～」「反復地做了～」的意思。

例：一日中、歩きに歩いたので、疲れてしまった（一整天走了又走、所以累得筋疲力竭了）。

N4コース

練習11（中譯）

1 我祖母每天一次，必定做使用豆腐的菜餚。

2 今天早晨因電車的事故而遲到了1小時。

3 因為黑板上的字看不清楚，所以配了眼鏡。

4 台灣生產的電腦出口到世界各地。

5 伸展操到底有多少防止腰痛功效呢？

6 有不懂的單字就立刻查字典吧。

7 A：昨天在台北車站偶然遇見山田先生。

　　B：山田先生好嗎？

　　A：還好。山田先生要我向你問好。

　　B：這樣子啊。那麼、今晚我打電話給山田先生看看。

8 陳　：昨天大學時的朋友從上海回來休假。

　　山田：你的朋友在上海做什麼？

　　陳　：他在台灣的電腦公司的中國工廠工作。

　　山田：最近到中國的人蠻多的啊。

9 家兄調職3年前赴任到高雄的工廠。

10 在這種艱難困苦的時候，我更應該努力。

11 這把菜刀生鏽切不動了。

12 我喜歡日本的人偶。上個月、我去九州時在櫻島買了這個人偶。

13 我從渡輪看到的櫻島好美麗喔，它擁有像富士山一樣的形狀。

14 昨天，我們全家人在庭院種了兩株香蕉樹。大家期待著何時能吃到香蕉。

15 下個月開始，我將在伯父的律師事務所工作。

16 山田先生，不好意思，請您教我一下怎麼寫賀年片。

17 唸中學的兒子買來了食材，為我做了咖哩飯。

18 我和A先生明明約好三點碰面，但是等了30分鐘都沒來，打了電話看看，才知道他還在睡覺。

19 美佳因成績優秀而被老師稱讚。

⑳ 森田先生（小姐）所寫的小說被選為本年度的芥川獎候選小說。

㉑ 好可惜喔。這家民宿已經因預約而額滿了。

㉒ Ａ：我的故鄉在山腳下，景色非常美麗，可是連一間超市也沒有。

　　Ｂ：那麼，如果沒有車的話，可就不太方便囉。

㉓ 那位老婆婆每天早上在路旁販賣自己種植的蔬菜。

㉔ Ａ：肚子餓了耶。差不多該去吃飯了吧？

　　Ｂ：啊，已經過了十二點了耶。我們走吧！

㉕ Ａ：好大的行李喔，裡頭裝了什麼？

　　Ｂ：裝了很多東西，但大多是研究用的資料。

㉖ 平假名和片假名都是由漢字所衍生出來的。

㉗ 電車與公車都是下車的人優先。等大家下完車之後再上車。

㉘ 從下個月開始要自己獨居生活，至少要會做炒飯。

㉙ 他的興趣是賞鳥，週末似乎都是到山林裡去。

㉚ 等待已久的日子終於來臨了。

㉛ 這位作家的小說蠻難的，光只讀過一次，無法理解。

㉜ 客　人：咖啡請在用完餐後端出來。

　　服務生：好的。

練習11解答

1 に、を　　**2** で、に　　**3** が、を　　**4** に　　**5** ほど　　**6** で

7 で、に、は、と、に　　**8** が、で、で、で、が　　**9** で、の

10 こそ　　**11** は　　**12** が、で　　**13** から、を　　**14** に、×、か

15 で　　**16** が、の　　**17** が　　**18** と、のに、ても　　**19** が、に

20 が　　**21** は、で　　**22** に、も、が　　**23** は、で　　**24** が、を

25 が、の　　**26** から　　**27** が、から　　**28** ぐらい　　**29** は　　**30** に

31 だけ（きり）　　**32** は

練　習　12

次の問題の（　）の中にひらがなを一つ入れなさい。必要でないときは×を入れなさい。

① 彼は若いころ、お金（　）困っていたらしいですが、今では大きな

会社の社長です。

② 椅子に座って、両足（　）そろえて、床から5センチ（　）（　）上

げてみましょう。

③ 彼はお金がないといい（　）（　）（　）、よく日本へ遊びに行って

います。

④ 日本語は読め（　）（　）、うまく話せなくて。

⑤ 彼は行っても無駄だと知り（　）（　）も、あえて出かけて行ったら

しい。

⑥ この町（　）人口の約10%（　）外国人です。

⑦ 彼女は毎日カロリー計算をして、食事（　）作っているそうだ。

⑧ 山田さんは最近は少し飲んだ（　）（　）で、酔ってしまうようにな

ったそうです。

⑨ 夕べ10時ごろから激しい雨（　）降り始めました。

⑩ 洋服は試着してみて（　）（　）買ったほうがいいですよ。

⑪ 大学の入学試験まであと10日間（　）（　）ない。天候が不順だか

ら、体調管理（　）気をつけよう。

⑫ ようやく留学の夢（　）かなってうれしい。

⑬ ここは静かなところで、虫の鳴き声（　）聞こえてきます。

⑭ 毎日、仕事（　）追われていて、新聞もゆっくり読めない。

⑮ 富士山はいわ（　）日本のシンボル（symbol）です。

⑯ この問題は強いて答え（　）出す必要もないでしょう。

⑰ 客　：あの、非常口（　）どこでしょうか。ちょっと確認しておきた

　　　　いんですが。

　　店員：はい。非常口はあの階段（　）隣です。

⑱ 今年は天候（　）恵まれたせいか、果物（　）甘くておいしい。

⑲ 世界のあちこち（　）地震や洪水が起きている。

⑳ わたしは子ども（　）ころ、大きな病気（　）して、親（　）心配さ

せました。

㉑ これは味もにおいも見た目（　）鶏肉の唐揚げのようですが、大豆

（　）作ったものです。

㉒ エコのため、部屋（　）出るときは電気（　）消しましょう。

㉓ 車（　）ひかれないように気をつけてください。

㉔ 十月に入る（　）、北海道はそろそろ雪の季節です。

㉕ 彼女は過労（　）原因で、とうとう病気になってしまった。

㉖ 先日の土石流（　）、あの道はしばらく（　）通れなくなってしまっ

たので、今日は少し迂回し（　）行こう。

㉗ このスープは温かくなけれ（　）、おいしくありません。

㉘ 今晩は月を見（　）（　）（　）、みんなで焼肉でも食べましょう。

㉙ 台所（　）（　）カレーのにおい（　）してきた。

㉚ 陳さん（　）3人姉妹ですが、3人（　）3人とも幼稚園の先生で

す。

③1 林　：ずいぶんと小骨（　）多いさかなですね。

斉藤：あ、でも、これ（　）骨ごと食べられますから、よくかん

　　　（　）食べてください。

③2 この物語（　）子どものころ、絵本（　）何回も読んだことがある。

③3 けい子さんは昨日新しく（　）オープンしたデパート（　）洋服を買

ったと言いました。

③4 Ａ：携帯でメールする（　）は、難しいですか。

Ｂ：いいえ、簡単です。だれ（　）（　）できますよ。

③5 これはクラスのみんな（　）考えて出した結論なのです。

③6 手（　）汗を握って、高校野球（　）応援をした。

パパイアさん

バナナさん

グワバさん

練習12（要點解說）

1 問1：彼は若いころ、お金**に**困っていた。

「に」表示原因。

2 問14：仕事**に追われて**いて、〜。

「〜に追われる」表示「被趕」，「被迫」的意思。

3 問15：富士山は**いわば**日本のシンボルです。

「いわば」表示「所謂」，「可稱為」，「比喻說」的意思。

例：ラクダはいわば砂漠の船だ（駱駝可稱為是沙漠之舟）。

4 問18：**天候に恵まれた**せいか、〜。

「〜（天候）に恵まれる」表示「拜好天氣之賜」的意思，慣用句。

5 問30：3人が3人**とも**〜。

「数詞＋とも」表示「〜全部」，「〜無論任何一方」「包含〜」的意思。

例1：5人とも合格した（5人都及格了）。

例2：送料とも1500円です（運費全都是1500日圓）。

6 問36：**手に汗を握る。**

表示「（觀看危險或是激烈的打鬥而）捏一把冷汗」的意思。慣用句。

練習12（中譯）

① 據說他年輕時曾窮困潦倒，但如今是大公司的總經理。

② 你坐在椅子上，雙腳併攏，試著抬高離地五公分看看。

③ 他雖然口說沒錢，卻經常赴日旅遊。

④ 我雖然看得懂日文，卻沒辦法說得流利。

⑤ 他明知即使去了也是白費，但似乎仍然去了。

⑥ 這座城市的人口約有10％是外國人。

⑦ 她好像每天都計算著卡路里在做飯。

⑧ 山田先生（小姐）最近只淺嘗幾口就會醉了。

⑨ 昨晚從10點左右開始下起大雨。

⑩ 洋裝要試穿以後再買為佳。

⑪ 距離大學的入學考試只剩10天。因天氣反覆無常，我得小心做好健康管理。

⑫ 總算能一圓留學之夢。

⑬ 這個地方非常寂靜，可聽得到蟲鳴聲。

⑭ 每天都在趕工，無法輕鬆讀報。

⑮ 富士山可以說是日本的象徵。

⑯ 這個問題可不必勉強回答吧。

⑰ 客人：請問～，緊急出口在哪邊？我想先確認一下。

　　　店員：是的。緊急出口在那個樓梯的附近

⑱ 今年因受良好天候所賜，所以水果又甜又好吃。

⑲ 世界各地都在發生地震與洪災。

⑳ 我小時候生了大病讓父母擔了心。

㉑ 這道菜無論是味道或外觀看起來都像是炸雞塊，但卻是由大豆製成的。

㉒ 為了環保要離開房間時隨手關燈。

㉓ 請注意不要被車撞到。

㉔ 一到十月，北海道就漸漸進入雪季。

㉕ 她因為過勞而生了病。

㉖ 前幾天，因為發生了土石流，道路暫時不通，所以今天就要稍做迂迴。

㉗ 這道湯要熱才好喝。

㉘ 今晚我們一邊賞月，大家一邊吃烤肉吧！

㉙ 從廚房裡飄來了咖哩的香氣。

㉚ 陳小姐家有3姐妹，3位都是幼稚園老師。

㉛ 林　：這條魚細小的魚刺可真多啊。

　　齊藤：嗯，不過，這是可連同魚刺都吃的喔，要多咀嚼。

㉜ 這個故事從小孩的時候就曾在繪圖故事裡看過了無數次。

㉝ Keiko小姐說昨天在新開幕的百貨公司買了洋裝。

㉞ Ａ：用手機打簡訊難嗎？

　　Ｂ：不難、蠻簡單的。誰都會喔。

㉟ 這是我們班上一再思考所歸納出的結論。

㊱ 我手握拳頭為高中棒球賽加油。

練習12解答

1 に　　**2** を、ほど　　**3** ながら　　**4** ても　　**5** つつ　　**6** は、が

7 を　　**8** だけ　　**9** が　　**10** から　　**11** しか、に　　**12** が

13 が　　**14** に　　**15** ば　　**16** を　　**17** は、の　　**18** に、が　　**19** で

20 の、を、を　　**21** は、で　　**22** を、を　　**23** に　　**24** と　　**25** が

26 で、×、て　　**27** ば　　**28** ながら　　**29** から、が　　**30** は、が

31 が（の）、は、で　　**32** は、で　　**33** ×、で　　**34** の、でも

35 で　　**36** に、の

練習　13

次の問題の（　）の中にひらがなを一つ入れなさい。必要でないときは×を入れなさい。

① 夕べ10時ごろ（　）（　）降り始めた雨は、朝になっても、まだ降り続いている。

② パーティーでは、知っている人（　）もちろん、知らない人（　）も話をしました。

③ 彼（　）ここへ来るはずがない。

④ あなた（　）元気になった、ということ（　）知って安心しました。

⑤ 宿題（　）必ずしなくてはならない。

⑥ A：分かりにくいところですから、地図（　）かいてあげましょう。

　　B：ありがとうございます。わたしは方向音痴な（　）（　）、地図があると助かります。

⑦ 父はめがね（　）掛けたまま寝ています。

⑧ 晩ご飯を食べ終わって（　）（　）、家族みんなで散歩に行った。

⑨ このような言葉は辞書を引い（　）（　）よく分かりません。

⑩ 行きたけれ（　）行きたいと言えばいい（　）（　）。どうして遠慮しているんだ。

⑪ 夕べ遅く（　）（　）起きていたから、けさは朝寝坊（　）してしまいました。

⑫ 大型の台風（　）来ていますから、今日は学校へ行かなく（　）（　）いいんです。

⑬ かれは大学（ ）入るために一生懸命に勉強しています。

⑭ 空（ ）曇ってきました。また雨が降りそうですね。

⑮ 昨日は頭が痛かったので、薬を飲ん（ ）、一日寝ていました。

⑯ 日本の自然の景色（ ）季節によって、さまざまな変化を見せます。

⑰ 12月は僧侶（ ）仏事で走るぐらい忙しい、という意味で師走（ ）（ ）呼ばれている。

⑱ 田中さんに「あまり心配しないように」（ ）伝えてください。

⑲ 傘の忘れ物（ ）多くなっています。お降りのお客様（ ）ご注意ください。

⑳ わたしはたった今しがた『紅楼夢』（ ）読み終わったところです。

㉑ この部屋は毎日掃除をしなく（ ）（ ）かまいません。

㉒ そんなこと（ ）言わないでください。

㉓ これは昨日小林教授（ ）お借りした本です。

㉔ 一昨日、田中さん（ ）（ ）借りたDVDはもう見終わりました。

㉕ 子どものころ、母（ ）よく嫌いな人参（ ）食べさせられたものだ。

㉖ ペット（ ）飼う上で、気をつけなければならない点（ ）どんなことですか。

㉗ 台湾（ ）一番よく使われている交通機関（ ）何ですか。

㉘ この言葉の使い方（ ）大事ですから、覚えておくといいですよ。

㉙ あの人は結婚して子ども（ ）3人いますが、そう見えませんね。

㉚ だれ（ ）いないはずの休日の工場で、突然大きな爆発音（ ）しました。

③ 彼女はときどき自分（　）洋服を作ることがあります。

③ A：さっき（　）（　）ずっと何（　）調べていらっしゃるんですか。

　　B：薬（　）副作用についてなんです。

③ 今晩８時ごろ母（　）送ってくれた宅配便（　）届く予定です。

③ A：あれっ？田中さんだ。雨の中、傘（　）ささずに歩いていますね。

　　B：少し（　）（　）（　）の雨なら、わたしもさしませんよ。

　　A：そうですか。でも、酸性雨ですから、やはりさしたほうがいいんじゃないでしょう（　）。

③ 生まれたばかりの赤ちゃん（　）もみじのような手（　）していま
す。

③ 妹：あれ？ないなあ…。だれ（　）わたしのケーキ、知らない？

　　兄：ああ、真理のだったのか。ごめん。さっきぼく（　）食べちゃった。

③ 校長先生（　）（　）水泳大会で優勝したＴ君（　）賞状とメダル
（　）渡されました。

③ 学生（　）指定された番号の席（　）試験を受けてください。

164

練習13（中譯）

1 從昨晚10點開始下的雨到早上還持續在下著。

2 在宴會上不只和熟悉的人談話，也和不熟悉的人談了話。

3 他理應不會來到這裡。

4 我聽到你已恢復了健康，所以覺得很安心。

5 習題一定要做。

6 A：因為是個不容易找到的地方，我畫個地圖給你吧。

　　B：謝謝你。因為我是路痴，如有地圖將幫我大忙。

7 家父戴著眼鏡睡著了。

8 在吃完晚飯以後，全家人一齊去散了步。

9 這種話就是查了字典也不懂。

10 如果想去就說想去不就好了嗎？為什麼不說呢？

11 昨晚很晚睡覺，所以早上睡了懶覺晚起床。

12 今天強烈颱風要來，所以不必上學。

13 他為了考大學很努力地在用功。

14 天空已轉為陰天。又要下雨的樣子。

15 昨天因為頭痛，所以吃了藥睡了一天。

16 日本的自然景色依季節而顯現各種面貌的變化。

17 在12月的時節僧侶們因作法事而須東奔西走，所以又被稱為師走。

18 請你轉告田中先生（小姐）不要太過擔心。

19 忘記雨傘的乘客甚多，請要下車的乘客注意自己的傘。

20 我現在正好剛讀完紅樓夢。

21 這個房間不必每天掃地。

22 請你不要這麼說。

23 這是昨天向小林教授借的書。

24 前天，向田中借的DVD已經看完了嗎？

25 回顧小時候家母常要我吃紅蘿蔔。

㉖ 在飼養寵物時，必須要注意之處有哪些？

㉗ 在台灣最常被使用的交通工具是什麼？

㉘ 這句話的用法蠻重要的，牢記在心將有幫助。

㉙ 她結了婚已有３個孩子，但外表卻看不出來咧。

㉚ 假日本理應沒人的工廠、突然發生爆炸聲響。

㉛ 她有時會自己縫製洋裝。

㉜ Ａ：您從剛才開始就一直在查什麼呢？

　　Ｂ：查詢有關藥物的副作用。

㉝ 今晚８點左右家母寄來的宅配預定會送達。

㉞ Ａ：咦？是田中先生。沒撐傘在雨中走路呢。

　　Ｂ：如果是小雨，我也不撐的。

　　Ａ：這樣子啊。不過因為是酸性雨，還是撐比較好吧。

㉟ 剛剛出生的嬰兒，有一雙可愛的小手。

㊱ 妹：咦？不見了。有人知道我的蛋糕放哪嗎？

　　兄：啊，是真理的啊。抱歉。剛剛被我吃掉了。

㊲ 校長頒發了游泳競賽的優勝獎狀和獎牌給Ｔ同學。

㊳ 學生請依指定號碼的座位參加考試。

練習13解答

1 から　　**2** は、と　　**3** が　　**4** が、を　　**5** は　　**6** を、ので

7 を　　**8** から　　**9** ても　　**10** ば、のに　　**11** まで、を

12 が、ても　　**13** に　　**14** が　　**15** で　　**16** は　　**17** も、とも

18 と　　**19** が、は　　**20** を　　**21** ても　　**22** を（×）　　**23** に

24 から　　**25** に、を　　**26** を、は　　**27** で、は　　**28** は　　**29** が

30 も、が　　**31** で　　**32** から、を、の　　**33** が、が

34 を、ぐらい、か　　**35** は、を　　**36** か、が　　**37** から、に、が

38 は、で

新井芳子

東吳大學　日本文化研究所碩士

曾任育達科技大學應用日語系專任講師、專任助理教授，銘傳大學應用日語學系專任助理教授。

現任東吳大學日本語文學系兼任助理教授。

蔡政奮

早稻田大學　商學研究所碩士

曾任職於日本花王株式會社總公司、花王（台灣）公司。

曾任育達科技大學應用日語系專任講師。

新日本語能力測驗對策

助詞N3・N2綜合練習集 ／ 助詞N1綜合練習集

新井芳子／蔡政奮　共著

本書特點

本問題集以填空方式練習，藉由大量練習，可依實例體會出每一個助詞的各種不同方式的運用。全文附中譯，可補助理解並利於記憶。並可作為日翻中以及中翻日的短文練習題材，達到一書多用的目的。

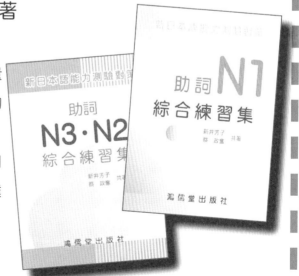

每冊售價220元

國家圖書館出版品預行編目資料

新日本語能力測驗對策：助詞N5.N4綜合練習集 /

新井芳子, 蔡政奮共著. -- 初版. -- 臺北市：

鴻儒堂, 民100.05

　面；　公分

ISBN 978-986-6230-08-0(平裝)

1.日語　2.助詞　3.能力測驗

803.189　　　　　　　　　　100008365

新日本語能力測驗對策

助詞N5・N4綜合練習集

定價：220元

2011年（民100）5月初版一刷

2018年（民107）6月初版二刷

本出版社經行政院新聞局核准登記

登記證字號：局版臺業字1292號

著　　　者：新井芳子・蔡政奮

插　　　畫：彭　靜　茹

發　行　所：鴻儒堂出版社

發　行　人：黃　成　業

地　　　址：台北市中正區10044博愛路九號五樓之一

電　　　話：02-2311-3810／02-2311-3823

傳　　　真：02-2361-2334

郵 政 劃 撥：01553001

E - m a i l：hjt903@ms25.hinet.net

鴻儒堂出版社設有網頁，歡迎多加利用

網址：http://www.hjtbook.com.tw